인생을 살아가면서 누구나 수많은 역경과 어려움을 겪습니다. 누구는 좌절하고 무너지지만, 누구는 치열하게 일어섭니다. 상황이 변하지 않더라도 내가 그 상황에 임하는 자세가 어떠한지가 중요합니다. 이 책에서 저자는 삶을 어떻게 바라보고 살아야 할지 나름의 방향을 제시합니다. 책을 따라가다 보면, 저자의 삶의 소소한 이야기를 통해 각자의 삶을 돌아보고 스스로 점검하게 되는 값진 유익이 있습니다. 이 책 이후에 저자의 또 다른 멋진 삶의 이야기를 기대해 봅니다.

김은성 KBS 아나운서·커뮤니케이션 박사

절망 속에서 다시 일어설 용기는 어디에 있는가? 고통의 시간에도 희망을 이야기할 수 있는 이유는 무엇인가? 『겨울이 그대에게 주는 선물』은 이러한 질문에 대해 일상적이고 평범하지만 강력한 답변을 우리에게 줍니다. 절망은 절망 그 나름대로 이유와 규칙을 갖고 우리 삶에 찾아옵니다. 그중 하나가 절망의 깊은 터널 끝에서 우리는 값진 선물을 받게 된다는 것입니다. 이 책은 저자 스스로의 삶의 경험을 녹여, 절망이 주는 삶의 의미를 감동스럽게 그려 갑니다.

장정은 이화여자대학교 기독교학과 교수

이 책은 스물도 되기 전 폭풍처럼 다가온 견딜 수 없는 아픔이 어느덧 저자의 삶에서 아름답고 싱그러운 수채화 같은 이야기로 만들어지는 과정을 고스란히 보여 줍니다. 책을 마칠 즈음이 되면 독자들의 삶의 여정도 이와 같이 되리란 희망을 가지게 될 것입니다. 삶의 모든 여정을 사랑하며 누리길 원하는 모든 이들에게 이 책을 적극 추천합니다.

정희성 이화여자대학교 기독교학과 교수

이 책의 저자를 한마디로 표현하자면 '쓴 레몬을 달콤한 레모네이드로 만들 줄 아는 사람'이라고 말할 수 있을 것입니다. 그녀는 힘든 시간들을 극복했을 뿐만 아니라 진정으로 그 인생을 포용하고 사랑할 줄 아는 사람이기 때문입니다. 우리는 어려움을 만날 때 쉽게 불평하고 포기하지만, 저자의 삶을 지켜보면 그것이 얼마나 부끄러운 모습인지 알게 됩니다. 이 책 속에서 그녀가 들려주는 이야기가 힘든 터널을 걷고 있는 많은 젊은이들에게 힘과 용기를 전달하고, 그로써 희망이 메아리처럼 퍼지길 간절히 바랍니다.

최애경 이화여자대학교 국제사무학과 교수

세계적 명품으로 손꼽히는 한 바이올린의 뒤판은 이탈리아 북부 산악 지역에서 북풍에 시달린 단풍나무라고 합니다. 햇살이 넉넉하고 비옥한 토질에서 부족함 없이 자란 단풍나무보다, 척박한 땅에서 비바람과 눈보라를 견디며 자란 단풍나무가 더 곱고 신비한 소리를 내는 것입니다. 저자의 진솔한 마음이 담긴 글들을 읽으며 명기 스트라디바리우스가 내는 소리보다 더 아름다운 소리를 들을 수 있었습니다. 그것은 아마 혹독한 겨울을 통과한 사람만이 낼 수 있는 아름다운 삶의 선율일 것입니다.

"Suffering is mystery. But God's grace is more mysterious!" 고난의 이유를 인간이 다 알 수 없어 고난은 신비입니다. 그러나 고난의 골짜기를 통과하면서 경험하는 하나님의 은혜는 더욱 신비롭습니다. 신비한 하나님의 은혜가 저자에게 더욱 넘치고, 이 책을 읽은 모든 독자에게 넘치기를 바랍니다.

김낙춘 대한예수교장로회 빛소금교회 담임목사

겨울이
그대에게 주는
선물

겨울이
그대에게 주는
선물

전경은 지음

차례

행복해지기 위해 스스로 불행해질 필요는 없다. 그러나 불행은 진정한 행복을 발견하게 하는 과정과 계기가 되기도 한다. 테베의 왕 오이디푸스는 불행의 정점에서 더 깊은 자신의 심연으로 돌아가기 위해 스스로 두 눈을 버리지 않았는가. 그는 세상의 사물을 더 이상 보지 못하는 상태가 되어서야 마음의 눈을 통해 사물을 더 정확히 보게 되었고, 자신의 내면에 자리 잡은 욕망과 직면하고 나서 진정한 자유를 얻게 되었다.

　이 책은 한 어린 소녀가 자신을 심연으로 밀어 넣은 '불행'이라는 불청객을 통해 결코 세상의 눈으로는 볼 수 없는 행복을 찾게 되는, 참으로 아름다운 삶의 궤적을 담은 노랫말이다. 시간으로는 짧지만 경험으로는 기나긴 터널의 끝에서, 삶의 옷자락에 묻어 있던 욕망을 털어내고 자신을 옥죄었던 불행이라는 사슬을 풀고 진정한 행복과 자유를 얻게 되는 삶의 찬가이기도 하다.

바람이 나무를 흔들어 주지 않으면 나무가 뿌리를 깊게 내리지 못하는 것처럼, 어린 소녀를 흔들었던 그 세찬 바람이 소녀를 태풍에도 견딜 수 있는 뿌리 깊은 나무로 자라게 하였음을 이 책을 읽는 독자는 공감할 수 있을 것이다.

아무리 높이 나는 새라도 둥지를 하늘에 지을 수 없듯이 우리의 인생도 마찬가지다. 삶은 수많은 유혹과 위험의 정글로 이루어진 내가 서 있는 그 자리에서 계속될 수밖에 없는 것이다. 이 사실을 일찍 깨달을수록 행복해질 수 있다는 믿음을 공유하는 이가 이 책을 통해 하늘의 별처럼 많아지기를 기도한다.

2019년 가정의 달 마지막 날, 한 가족의 희망 이야기를 읽고
강병근 건국대학교 건축대학 명예교수

"누구에게나 겨울은 찾아온다.

겨울은 길다 해도 반드시 지나간다.

그리고 선물을 남긴다."

봄을 기다리는 그대에게

언젠가 친구와 부산으로 여행을 간 적이 있다. 대학생이 되고 나서 숨 돌릴 틈도 없이 달리기만 하다가 마음 맞는 친구의 제안으로 오랜만에 휴식을 가져 보고자 결정한 여행이었다. 기대에 한껏 부풀어 부산에 도착한 우리를 게스트하우스 사장님은 친절하게 맞아 주셨고, 어쩌다 보니 그분과 이런저런 얘기도 나누게 되었다. 그러던 중 그분이 이런 얘기를 꺼내셨다.

"애들아, 남자든 여자든 재혼 가정 아이들은 절대 만나면 안 돼. 그것도 유전이야. 아빠나 엄마가 재혼하면 그

집 아들이나 딸들도 똑같이 재혼해. 이건 인생을 먼저 살아 본 사람의 조언이란다."

순간 가슴이 덜컥 내려앉았다. 내가 바로 그 "재혼 가정 아이"였으니까. 그뿐만이 아니다. 나와 오빠는 이복 남매이고, 아빠는 100억 원대 사업 실패를 겪었으며 알코올 중독 때문에 정신병동에도 입원했었다. 어떤 이들에게 나는 '만나면 안 되는' 가정에서 자란 사람일 수도 있다. 보통 사람들이 한 번 겪기 힘든 불행을 여러 번이나 겪은 사람이기도 하다.

그러나 이제 나는 우리 가족이 부끄럽지 않고, 내가 불행한 사람이라고도 생각하지 않는다. 물론 나 또한 처음부터 이 사실들을 자연스레 받아들인 것은 아니었다. 하지만 길고 혹독했던 겨울의 시간을 지나며, 나는 비로소 나의 가족들과 나의 인생을 소중한 선물로 여길 수 있게 되었다.

몇 차례의 고비들을 견뎌 내고 나니, 주변의 친구들이 고민을 들고 하나둘씩 나에게 찾아오기 시작했다. 친구들은 빚

문제부터 장애를 지니고 있거나 몸이 아픈 가족에 대한 이야기까지, 다양한 고민들에 대해 내게 꽤나 솔직하게 털어놓았다. 아무래도 내가 주변 또래에 비해 비교적 많은 일들을 경험했으니 함께 이야기를 나눠 보고픈 모양이었다. 사실 그런 나라고 해서 특별히 뾰족한 해결책을 내놓을 수 있는 것은 아니었지만, 그들의 아픔만큼은 누구보다 깊고 섬세하게 헤아려 줄 자신은 있었다.

많은 사람들이 찾아왔지만, 그중에서도 한 친구의 이야기가 특히 기억에 남는다. 그 친구는 겉보기에 사람들이 부러워할 만한 것은 다 가진 친구였다. 경제적으로도 정서적으로도 부족함 없는 환경에서 자랐고, 게다가 머리도 좋아서 소위 명문 대학교에 입학했다.

그런 친구가 나에게 들고 찾아온 고민의 주제는 놀랍게도 거식증이었다. 친구는 아무에게도 말하지 못했지만 실은 외모에 대한 엄청난 강박이 있다고 토로했다. 단 1kg만 쪄도 그 모습을 견딜 수가 없어서, 매일 밤마다 먹은 음식을 토하기를 반복한 지 3년이 되었다고. 화장실 문을 잠그고 물을 콸콸 틀어 놓은 채로 먹은 음식을 게워 내고 나면, 개운함과 동시에 자괴감이 몰려왔다고 말했다.

친구의 이야기를 듣고 나니 마음이 너무 아팠다. 오랜 시간을 알고 지냈고, 그 사람의 많은 부분을 알고 있다고 자부했는데, 정작 나는 그 친구의 가장 아픈 상처가 무엇인지도 몰랐던 것이다. 미안해서 아무 말도 하지 못하고 있는 나에게 친구는 이렇게 이야기했다.

"경은아, 사실 이렇게 이야기하면 네가 기분 나쁠 수도 있겠지만, 나는 너의 솔직함이 너무 부러워. 나의 아픈 마음에 대해 다른 이들에게 털어놓는 거, 정말 큰 용기를 필요로 하는 거거든."

사실 나도 처음부터 용기가 있었던 것은 아니었다. 아니, 오히려 내 상처들이 드러날까 봐 전전긍긍했던 순간들이 훨씬 더 많았다. 불과 몇 년 전, 엄마의 친구분이 우리에게 힘이 되어 주고자 다른 사람들에게까지 우리 집 사정을 이야기하며 기도 부탁을 하신 적이 있었다. 정말 순수한 마음에서 하신 일이라는 걸 머리로는 알면서도, 어린 마음에 때때로 원망스러운 마음이 드는 것은 어쩔 수 없었다.

'기도 같은 거 필요 없는데, 왜 창피하게 그런 걸 다 말하는 거야? 남의 일이니까 저렇게 쉽게 이야기하는 거 아니야?'

하지만 차츰 시간이 지나면서 정작 내가 나 자신을 수치스러운 존재로 만들어 버리는 것은 아닌가 하는 생각이 들기 시작했다. 나는 그저 나인데, 상황이 달라졌다거나 나의 이야기가 드러났다고 해서 내가 이전보다 못한 사람이 되는 것도 아닌데, 왜 나는 그것을 마냥 숨겨야만 하는 일로 여기는 것일까.

생각해 보면, 나는 있는 그대로의 나이기 때문에 소중했다. 내 곁에 남아 준 사람들은 내가 부잣집 막내딸이라서, 좋은 학교에 다녀서, 키가 커서, 멋진 옷을 입어서가 아니라 그냥 '전경은'이었기 때문에 나를 사랑해 주었다. 그런데도 나는 나 자신을 다른 사람들의 사회적 위치, 지식, 직업, 명예, 외모 등과 비교하고 평가했던 것이다.

우리는 때때로 화려한 결과에 시선이 빼앗긴 나머지, 너무 쉽게 자신의 노력과 땀이 담긴 과정이나 더 나아가서는 우리 자신의 존재까지 부정해 버릴 때가 있다. 우리가 기억해야 할 사실은, 나는 나라서 너무 소중하고 가치 있는 사람이며, 내가 소중하기 때문에 나의 한 번뿐인 인생도 너무 소중하고 살아 낼 만한 가치가 있다는 것이다.

어쩌면 지금 우울하고 힘든 시간을 보내고 있는 사람들에게는 이런 나의 이야기가 와 닿지 않을 수도 있다. 내 겉모습만 보고는 내가 어려움을 모르거나 유복한 환경에서 자란 사람처럼 보일지도 모르겠다. 혹은 현재의 내가 지니고 있는 봄 같은 생명력이나 행복한 모습만을 보고 부러워할 수도 있을 것이다.

그러나 나에게도 아주 긴 겨울의 시간이 있었다. 그 시간들은 무척이나 춥고 어둡고 고통스러웠다. 하지만 그만큼 혹독한 겨울을 이겨 냈기에 나는 그 누구보다도 삶을 치열하게 사랑할 수 있게 되었다.

　사람들은 종종 나에게 묻는다. 어떻게 그런 일들을 겪고도 여전히 삶을 선택할 수 있었냐고. 그럼에도 불구하고 어떻게 이렇게 행복해 보일 수 있느냐고. 그럴 때마다 나는 자신 있게 대답한다. 저 겨울의 시간들이 나에게 아주 특별한 선물을 남겼기 때문이라고. 그리고 이제 그 선물을, 당신과도 나누려고 한다.

1

겨울의
시작

꿈 같은 나날들

IMF에서 살아남은 아빠의 사업체는 점차 눈에 띄는 성장을 이루었고, 그 덕분에 나는 초등학교 5학년 때 미국으로 유학을 갈 수 있었다. 애틀랜타에서 6개월 정도 지내다가, 아이비리그 대학교들과도 가깝고 교육 환경이 좋은 동부의 코네티컷에서 본격적인 학교생활을 시작하게 되었다. 내가 다녔던 학교는 유서 깊은 사립 초등학교로, 그곳에 다니는 대부분의 학생들이 유복한 환경 속에서 자란 아이들이었다.

애틀랜타에 있을 때 심한 인종차별을 당했던 나는 새로운 학교로 전학을 가는 것이 두려웠다. 하지만 그곳의 친구들은 오히려 나에게 먼저 인사를 건네고, 학교 이곳저곳을 구경시켜 주었다.

우리는 영어 시간이 되면 각자 잔디밭, 놀이터, 어디든 자리를 잡고 햇빛을 조명 삼아 책을 읽었다. 과학 시간이 되면 다 같이 컵을 들고 계곡으로 나가 직접 물을 떠서 실험을 하곤 했다. 연기와 음악 시간이 되면 바닥을 구르고 기며 연기하고, 손잡고 노래하며 악기를 연주했다.

학교 친구들이 파티를 자주 연 덕분에, 나는 다양한 파티에도 참석해 볼 수 있었다. 파티에 초대해 준 한 친구네 집 마당에는 테니스 코트, 트램펄린, 일하는 사람들의 숙소, 그리고 친구의 어머니가 제작한 조각상이 있었고, 집 안에는 엘리베이터가 있었다. 뿐만 아니라, 뒷마당에 펼쳐진 바다가 친구네 소유였다. 친구의 아버지는 우리를 요트에 태워서 바닷가 주변의 풍경을 구경시켜 주셨다. 수영장에서 수영을 하고 나오면 음식이 차려져 있었고, 신나게 파티를 하고 난 뒤에는 바닷가에서 모닥불을 피우고 마시멜로를 구워 먹었다. 바닷가에서 우리는 손을 잡고 춤을 추거나 기타를 치며 노래하고, 석양이 질 무렵이면 서로의 어깨에 기대어 가만히 그 풍경을 바라보곤 했다. 매일매일이 드라마 속에서나 볼 법한, 꿈과 같은 나날들이었다.

한 통의 전화

미국에서는 추수감사절을 기리는 의미에서 '추수감사절 주간'을 보낸다. 모처럼 쉬는 휴일이기 때문에 즐겁기도 하지만, 딱히 갈 곳도 없고 운전도 못하는 어린 유학생들은 주로 집에서 시간을 보내게 된다.

나는 당시 코네티컷에서 6학년 2학기를 다니고 있었는데, 홈스테이 주인아저씨가 직장을 다니시고 아이도 어렸기 때문에 그 긴 방학 동안 집안에만 있어야 하는 처지가 되었다. 길고도 무료한 일주일을 어떻게 보내야 하나 고민하던 중, 애틀랜타에서 친하게 지내던 W언니의 초대로 여행을 떠나게 되었다.

떠나기 전날 밤, 저녁 식사를 마치고 나서 들뜬 마음으로 여행 가방을 꾸렸다. 입을 옷을 고르며 혼자 패션쇼를 하고 있는데 전화기가 울렸다. 한국에 있는 엄마였다. 엄마는 늘 덤벙대는 나를 확인하려고 전화를 건 듯했다. '나 짐 다 챙겼으니까 걱정하지 마. 잘 다녀올게'라고 이야기하려던 찰나에, 전화기 너머로 엄마는 전혀 예상치 못한 얘기를 꺼냈다. 아빠 회사의 자금 사정이 어려워졌으니 이번 여행을 취소하라는 것이었다. 무슨 일이 생겼냐고 재차 물었지만, 엄마는 말을 아낄 뿐이었다. 아빠가 추진하던 일이 조금 어려워졌기에 우리 모두가 당분간 절약을 해야 한다고만 했다.

'혹시 우리 집에 큰일이라도 일어나는 걸까? 내가 기대하던 여행인 줄 알면서도, 취소하라고 말할 만큼 사태가 심각한 걸까?'

그날 두려움과 실망감 때문에 잠을 이루지 못하고 오래 뒤척였다. 시간이 많이 지난 후에야 알았지만, 사실 이때부터 우리 집은 휘청이고 있었다.

그해 11월 30일 유난히 춥고 을씨년스러웠던 저녁, 술에 취한 목소리로 아빠가 엄마에게 전화를 했다고 한다. 수화기 너머로 들리는 아빠의 목소리는 흔들렸고 엄마의 얼굴은 잿빛으로 변해 갔다. 일이 잘 풀리지 않아 아빠 회사가 계속 빚을 낼 수밖에 없게 되었고, 그 빚과 이자 때문에 우리가 살던 집까지 저당을 잡힌 것이다. 회사가 수익을 내지 못하면 수입이 없는 것은 물론이고 이자를 갚기도 당연히 어려워질 것이었다. 문제의 심각성을 직감한 직원들은 다 떠나겠다고 하는 상황이었다.

당시에 우리는 상황의 심각성을 잘 몰랐다. 그전까지 아빠가 추진하는 일은 늘 순조로웠기 때문이다. 손대는 일마다 이윤을 남겼고, 어렵게 공장 부지를 마련했더니 나중에 가격이 몇 배로 올라서 다른 사업에도 투자를 할 수 있었다. IMF의 모든 파고도 운 좋게 피해 갔던 아빠의 사업은 '위기는 기회'라는 정신으로 어려움마저 오히려 도약의 발판으로 삼았다. 한번은 아빠 회사가 공사하던 현장에 수해가 나서 모든 것이 다 물에 잠겼고, 막대한 손해가 날 수밖에 없는 상황이 되었다. 그런데 그렇게 심한 폭우가 내리고 난 다음 날, 아빠 회사에서 설치한 시설물들은 하나도 떠내려가지 않고 그대로 남아 있었다. 비에 잠긴 마을에서 아빠 회사가 설치한 시설물들만 유일하게 그대로 남아 있다는 소문이 퍼지자 아빠의 사업은 더 승승장구하게 되었다.

그랬던 아빠의 사업에 처음으로 위기가 찾아온 것이었다. 그때는 잘 실감 나지 않았지만, 그저 '위기', 혹은 '자금 사정이 좋지 않다' 정도로 표현하기에는 너무나도 고통스러운 날들의 시작이었다. 그 후 9년은 침몰하는 난파선을 타고 날마다 더 깊은 바다 밑으로 가라앉는 것 같았다. 우리 가족이 타고 있는 배는 바닥이 어딘지 모를 정도로 점점 더 깊은 바닷속으로 침몰하는 듯했다.

출생의 비밀

엄마의 전화를 받은 지 6개월이 조금 넘었을 무렵, 아빠 회사의 형편이 점점 더 나빠져서 나는 결국 한국행 비행기에 몸을 실을 수밖에 없었다.

속상한 마음을 겨우 다독이며 한국으로 돌아왔지만, 나는 냉담한 현실에 부딪혀 또 다른 좌절을 맛보았다. 학교에서도 교회에서도 나는 이방인 같았고, 그 어느 곳에도 속할 수 없었다. 어린 마음에 집안이 어려운 줄도 모르고 미국으로 다시 보내 달라며 부모님께 성질을 부리기도 했다. 그럼에도 불구하고 엄마의 반응은 냉담했고, 내가 유일하게 기댈 곳이라곤 미국에 있는 친구와의 전화 한 통, 그리고 어렸을 때부터 이어져 온 교회 모임뿐이었다.

그렇게 꾸역꾸역 일상을 살아 내고 있던 어느 날, 교회에서 만난 동생이 대뜸 물었다.

"언니, 언니네 큰오빠가 당했던 사고에 대해 알고 있었어?"

나는 무슨 말인지 몰라 어안이 벙벙했다. 그 동생은 내게 지금의 오빠 말고도 다른 오빠가 있었고, 그 오빠가 교통사고로 죽었다는 충격적인 이야기를 했다. 이야기를 전해 들은 그 순간, 나의 온몸은 뻣뻣하게 굳어 버렸고 입술이 파르르 떨리기 시작했다.

나는 곧바로 집으로 뛰어가 엄마에게 따져 물었다. 가족들이 나를 속였다는 배신감이 들어 화를 냈지만, 엄마는 담담하게 답변을 해 주었다. 내게 큰오빠가 있었는데, 아주 어릴 때 교통사고로 세상을 떠났다는 것이었다. 아빠가 오랜 시간 알코올 중독을 앓았던 이유도 그 아픔을 잊기 위한 수

단이었다고 말했다. 그러니 마음이 아픈 아빠를 내가 좀 더 이해해 주었으면 한다는 당부의 말도 잊지 않았다. 나는 엄마의 말을 믿었고, 이것이 이 이야기의 끝인 줄로만 알았다.

그런데 그로부터 몇 개월 후, 이번에는 나랑 친한 친구에게서 비슷한 전화가 걸려 왔다.

"경은아, 너의 출생의 비밀을 알아?"

막장 드라마도 아니고, 출생의 비밀이라니……. 나는 정말로 아빠와 엄마의 딸이 아닌 걸까? 누구나 어린 시절에 한 번쯤은 해 봤을 생각이겠지만, 내가 이 생각을 가볍게 넘길 수 없었던 건 온갖 좋은 물건과 혜택이 오빠에게만 주어졌기 때문이었다. 아빠나 엄마는 나와 이야기를 나누다가도 오빠가 부르면 무조건 오빠에게 집중을 했다. 이 뿐만 아니라 우리 가족은 주말마다 외식을 하러 나갔는데, 그때마다 메뉴를 고르는 것은 늘 오빠의 몫이었다. 식사를 하러 나가려다가도 갑자기 오빠가 가지 않겠다고 말하면 그날의 외식은 취소되었다. 그 당시에는 오빠의 의견이 절대적으로 받아들여지는 듯한 집안의 분위기를 이해할 수 없었고, 가끔은 억울하기까지 했다. 그런데 친구에게 이 질문을 받고 나니 모든 의문들이 마치 퍼즐처럼 맞춰지는 것 같았다.

'나는 엄마 아빠가 입양한 아이인 걸까?'

입양이 나에게 대단히 생소한 일은 아니었기에 더욱 확신이 들었다. 미국에서 다니던 학교에 입양된 친구가 있었기 때문이다. 유대인 가정이었는데, 비행기 사고로 두 아이를 잃은 친구 부모님께서 그 친구와 동생을 입양하셨던 것이다. 그 친구의 아버지처럼 우리 아빠도 또래 친구들의 아버지보다 연배가 높았기에 충분히 상상 가능한 일이었다. 나는 그저 큰오빠의 부재를 채우기 위한 존재일 뿐이었다는 생각에 슬픔이 밀려왔다.

아빠의 트라우마

사실을 아는 것이 너무 무서웠지만, 한편으로는 더 이상 궁금증을 참을 수가 없어 엄마에게 갔다.

"엄마, 나 다 듣고 왔어. 그러니까 이제는 솔직하게 다 말해 줘."

당돌한 나의 태도에 당황하면서도, 엄마는 이제는 진실을 말해야 한다고 생각했는지 천천히 말을 꺼냈다. 사실 그 이야기는 내 출생의 비밀이 아니라 아빠의 아픔에 대한 것이었다.

"엄마를 만나기 전, 아빠는 첫 번째 아내와 이혼하고 혼자서 아홉 살, 일곱 살 두 아들을 키우고 계셨어. 어느 날 저녁, 아빠는 동생을 잘 돌봐 주지 않은 첫째 아들을 호되게 꾸짖었대. 그런데 다음 날 아빠와 횡단보도를 건너고 있던 첫째 아들이 신호를 위반하며 달리던 화물차에 치인 거야. 전날 밤 야단친 후 아직 상한 마음을 달래 주지 못했는데, 그 아들이 눈앞에서 사고로 아빠 곁을 떠난 거지. 아빠는 아들을 지켜 주지 못했다는 자책과 아들의 죽음으로 인한 쇼크, 트라우마를 계속 안고 살아왔어. 아들을 벽제에서 보내고 집에 돌아왔는데, 여느 때처럼 아들이 자기를 맞이하려고 뛰어 나올 것만 같아서 아빠는 도저히 그 집에 살 수가 없었다고 하더라. 그 이후에 고통스러운 기억을 잊기 위해 술을 드시다가 점차 중독의 길로 빠졌고, 한 목사님의 도움으로 중독을 이겨 내던 중 엄마를 만나 다시 가정을 이루게 된 거야."

오랜 시간이 흘러도 아들의 죽음으로 인한 트라우마는

사라지지 않았고, 사업상 잦은 술자리 때문에 아빠는 술을 끊을 수가 없었다. 게다가 사업이 어려워지자 아빠의 알코올 의존도는 더욱 높아져만 갔다. 마치 하나의 법칙처럼 아빠는 슬플 때도 기쁠 때도, 기분이 좋을 때도 나쁠 때도 늘 술을 마셨다. 그래서 아빠는 예쁜 딸이 태어나 재롱을 부려도, 아들에게 따뜻한 사랑을 주는 엄마가 생겼어도, 현재의 행복을 온전히 누리지 못하고 먼저 간 아들에 대한 슬픈 기억 속에 머물러 있었던 것이다.

"네가 초등학생일 때는 너무 어려서, 조금 컸을 때는 미국에 있어서, 지금은 사춘기였기에 말할 기회를 찾지 못했어. 미리 말해 주지 못해서 미안해, 경은아."

진실을 밝힐 수 없었던 엄마의 입장을 이해하지 못한 것은 아니었다. 하지만 열네 살 아이가 감당하기에 벅찬 이야기였던 것은 확실했다.

열네 살 때, 나는 비로소 내가 재혼 가정의 자녀라는 사실을 알게 되었다. 엄마는 내가 충분히 이해할 수 있도록 모든 일을 자세히 설명해 주었다. 하지만 얼굴도 모르는 첫째 오빠의 죽음, 아빠의 트라우마, 엄마와의 재혼, 그리고 오빠와 내가 배 다른 남매라는 사실을 받아들이기가 쉽지 않았다. 그렇게 친하던 오빠가 갑자기 남처럼 느껴지기까지 했다. 무엇보다 가장 힘들었던 것은, 내가 이 이야기를 쉽게 받아들이지 못하는 것처럼 다른 사람들이 나의 이야기를 잘 이해하지 못할 것 같다는 두려움 때문이었다. '다른 사람들에게 이 일이 알려진다면 우리를 보고 수군대겠지?', '사실이 아니라고 시치미를 떼야 하나?' 같은 복잡한 생각들이 내 마음을 어지럽혔다. 그리고 많은 드라마에서 주인공의 출생의 비밀이 밝혀질 때 발생하는 갈등 상황, 주변인들이 짓는 표정과 대사들이 오버랩되면서 나는 이 사실을 어떻게든 감춰야겠다고 다짐했다.

기대와 실망 사이

아빠의 회사 상황은 늘 일이 조금씩 해결되는 듯하다가도 삐끗하고 다시 어려워지기를 반복했다. 오늘은 또 무슨 일이 터졌을까, 어떤 일이 잘못되었을까. 하루 종일 이런 걱정이 이어지는 날들이 몇 년간 계속됐다. 게다가 은행 이자를 지불해야 하는데 돈이 없는 상황이 이어져 집안은 늘 긴장의 연속이었고, 아빠는 상황이 악화될수록 술만 더 찾았다. 내가 고등학생이 될 때까지 이런 분위기는 점점 더 심해졌고, 가족과 함께 있으면 늘 살얼음판을 걷고 있는 것 같았다.

생각해 보면 이때의 불행은 시작에 불과했다. 이전에는 지금 이 시기만 버티면 된다는 막연한 희망을 품고 있었다. 그래서 예전처럼은 아닐지라도 때때로 외식도 했었다. 그런데 시간을 거듭할수록 외식도, 여행도, 취미생활도 우리에겐 사치가 되어 버렸다. 동네에서 가장 비싼 레스토랑에서 거의 매주 외식을 하고, 몇만 원이 넘는 비싼 피자도 아무 고민 없이 먹던 우리 가족이 5,000원짜리 피자를 사 먹는 것조차도 망설이게 된 것이다. 회사가 회복될 때까지만 절약하자는 생각을 하며 한 계단씩 내려갔는데, 끝이 보이기는커녕 우리가 내려가야 하는 계단의 개수는 오히려 두 개, 세 개로 늘어났다. 우리 가족은 그날 이후 약 10년 동안 휴가 한 번을 제대로 가 본 적이 없다.

해가 지나면 조금씩 나아질 거라고 생각했던 나의 오만함을 비웃듯이, 우리는 끊임없이 바닥으로, 더 깊은 바닥으로 내려갔다. 동네에서 제일 좋은 아파트에 살고 있었기 때문에 아무도 우리 사정을 자세히 알지 못했지만, 막상 집안으로 들어오면 번듯해 보이는 바깥의 모습과는 달리 다 낡고, 고장 나서 삐걱거리고, 짝이 안 맞고, 덜덜거리는 소리가 나는 물건들이 가득했다. 우리는 마치 구멍이 뚫려 침몰하는 배를

구하기 위해 온몸으로 그 구멍을 막아 보려 애쓰는 선원들 같았다. 하지만 절박한 우리의 노력에도 아랑곳없이 구멍은 걷잡을 수 없이 점점 더 커져만 갔다.

우리는 기대했다가 실망하기를 끊임없이, 지겨울 정도로 반복했다. 이때 우리를 가장 힘들게 했던 것은 다른 무엇보다 버릴 수 없었던 실낱같은 희망이었다. 이 고비만 넘기면 회복되지 않을까? 이 문제만 해결하면 이제 잘 풀리지 않을까? 이런 희망들은 희망 고문이 되었고, 우리 가족은 기약 없는 기대와 실망 사이를 오가며 날마다 조금씩 피폐해져 갔다. 집 사정이 넉넉할 때 곁에 있었던 사람들은 하나둘 사라졌고, 가까웠던 친구들마저도 끝이 없는 바닥으로 추락하는 우리를 떠나기 시작했다.

눈물 젖은 파스타

부모님은 내색하지 않으려고 노력하셨지만, 나 또한 크고 작은 변화들로 인해 어려워진 경제상황은 어느 정도 직감하고 있었다. 하지만 그것을 가장 크게 실감한 때는 고등학교 1학년 기말고사를 앞둔 시점이었다. 다른 때보다 특히 더 분주했던 시험 기간의 어느 날, 작은아빠로부터 전화 한통을 받았다. 내가 그토록 먹고 싶었던 크림 파스타를 사 주신다는 것이었다. 나는 신이 나서 약속장소까지 재빠르게 뛰어나갔다.

사실, 나에게는 작은 기대가 있었다. 작은 아빠가 '이제는 어른들이 다 해결할 테니 걱정하지 마', '공부만 열심히 해'

와 같은 말들로 나를 안심시켜 주실 것이라는 기대 말이다. 그런데 나의 소원과는 다르게 작은아빠는 충격적인 말씀을 하셨다.

"경은아, 너희 집에 곧 빨간 딱지가 붙을 수도 있어. 그러면 이제 이런 음식은 자주 못 먹을 수 있으니까 지금 많이 먹어 둬."

빨간 딱지? 드라마에서나 봤던 그 빨간 딱지가 우리 집에 붙는다고?

당시에 나는 불안한 마음 때문인지 우리 집에 빨간 딱지가 붙는 꿈을 자주 꾸었다. 깨고 나면 꿈이었다는 사실에 연신 가슴을 쓸어내릴 정도로 기분 나쁜 꿈이었다. 그런데 그 빨간 딱지가 이제는 실제로 우리 집에 붙는다고? 마치 사망 선고를 받은 것만 같았다.

작은아빠는 나를 위로하려고 노력하셨지만, 내 귀에는 더 이상 아무 소리도 들리지 않았다. 그렇게 먹고 싶었던 파스타 속에 눈물방울이 떨어졌다. 어디선가 '전경은 인생 끝, 탕탕탕'이라는 소리가 들려오는 듯했다.

돌려받은 학원비

고등학교 2학년이 되자 학원을 더 이상 다닐 수 없을 정도로 집안이 어려워졌다. 다른 과목들은 전부 그만두었지만, 내가 가장 어려워하는 수학만은 끊을 수가 없었다. 그런데 평소처럼 수학 학원에 갈 준비를 하고 있던 어느 날, 방문 너머로 엄마가 이모와 통화하는 소리가 들렸다. 엄마는 흐느끼고 있었다.

"이젠 다 끝났어, 언니. 어음도 못 막고, 생활비도 끊기고……. 나 이제 어떻게 살아?"

엄마의 절규를 듣고 있자니 가슴이 찢어지는 듯이 아팠다. 그런데 무능했던 나는 엄마에게 어떠한 위로도 건넬 수가 없었다. 하지만 더 이상 엄마가 나의 학원비를 감당할 수 없는 상황이라는 것만은 알 수 있었다.

방문 앞에서 한참을 서성이다, 나는 학원으로 갔다. 그리고 원장 선생님께 집안 사정을 설명하며 남은 학원비를 환불해 달라고 부탁했다. 선생님은 처음에는 규정상 환불이 안 된다고 하셨지만, 내가 손까지 모아 빌자 어쩔 수 없이 남은 학원비를 돌려주셨다.

돌려받은 돈을 들고 죄송하고 감사하다는 인사를 하고 터벅터벅 걸어 나오는데, 내 스스로가 너무 처량하게 느껴졌다. 다른 과목보다 더 많이 노력해도 겨우 따라잡는 과목이 수학인데, 학원까지 못 다니게 되다니. 나는 이제 더 이상 가망이 없다는 생각이 들었다. 이제는 대학도, 내 꿈도 다 포기해야 할 것만 같았다. 게다가 다른 사람에게 돈 때문에 두 손을 모아 빌었다는 사실이 겨우 열여덟 살이던 내게는 큰 상처였다. 다른 것도 아닌, 열심히 공부하기 위해 지불했던

학원비를 환불받으려고 그랬다는 사실에 스스로가 더 비참

하게 느껴졌다.

경은아, 엄마랑 도망가자

우리 집 이야기를 들으면, 많은 사람들이 처음에는 놀라고 안타깝다는 반응을 보이다가도 이런 말들을 하곤 했다.

"너네 집은 얼마나 크게 망한 거야?"
"진짜 100억을 다 날렸어?"
"부자는 망해도 3대가 먹고 산다던데……."

때로는 조심스레, 때로는 그저 호기심으로 던지는 그런 말들이 가시가 되어 내 마음속에 박히는 듯했다. 하지만 이젠 담담히 인정하게 되었다. 잘 믿기지는 않겠지만 살다 보니 그런 일이 생기기도 하더라고.

사실 나도 믿을 수가 없었다. 1억, 10억 정도가 아니라 가진 모든 것을 다 뺏겼다. 심지어 은행에서 숨겨 놓은 돈을 내놓으라는 전화가 오기도 했다. 사실 나도 그렇게 생각했다. 아니, 솔직히 바랐다. 부모님이 최소한이라도 우리가 생활하는 데 필요한 돈을 어딘가에 감춰 두었으리라고. 그러나 정말로 단 한 푼도 남은 것이 없었다.

처음에는 작은 판단 착오 때문에 일어난 일이라고만 생각했다. 그저 잠시의 고비일 뿐, 시간이 조금 지나면 잘 해결될 거라고 생각했다. 그러나 그것이 문제의 핵심은 아니었다. 집안 경제의 모든 권한과 책임은 아빠에게 있었고, 아빠는 사업에 대해 엄마에게 자세한 설명을 해 준 적이 없었다. 아빠는 엄마가 오직 집안일과 자녀 교육에 집중하기를 원했기에, 사업과 관련된 모든 결정은 혼자서 내렸다.

아직 어려움이 눈에 보일 정도로 크지 않았던 때, 엄마는 만일을 대비해서 안전장치를 하나라도 해 놓자고 했지만 아빠의 억센 고집을 꺾지는 못했다. 회사 경영에 대한 모든 정보와 권한이 아빠에게만 있었기 때문에, 나머지 가족은 위기 상황이 갑자기 닥치자 적절하게 대처할 수 없었다. 게다가 중요한 결정을 앞두고 아빠가 술에 취해 쓰러져 버렸기에, 우리는 그저 발을 동동 구르며 집이 무너져 가는 모습을 지켜봐야만 했다.

하루는 학교에 다녀왔는데, 엄마가 짐을 싸놓고 나를 기다리고 있었다.

"경은아, 엄마랑 도망가자."

우리가 도움을 주었던 사람들이 우리를 배신하고 도리어 협박하는 그 상황을 엄마는 견딜 수가 없었던 것이다. 나도 엄마가 다른 사람들에게 찾아가 도움을 요청하며 무릎까지 꿇고 빌 때면 술에 취해 누워 있기만 하는 아빠가 죽도록 원망스러웠다. 엄마가 작은 안전장치라도 해 놓자고 부탁할 때 왜 거절했는지, 왜 그렇게 무모한 투자를 했었는지, 그리고 왜 엄마에게 그런 상황을 조금도 알리지 않았는지 이해할 수 없었고 그 미움은 걷잡을 수 없이 커져만 갔다. 만약 그 때 아빠가 엄마의 이야기에 귀를 기울였다면, 우리 집은 가진 모든 것을 잃거나 이 정도까지 힘들지는 않았을지도 모른다는 생각이 떠나지 않았다.

원망을 삼키다

수도 없이 이런 생각을 했다. 왜 하필 나에게, 왜 하필 내가 부모님의 도움을 가장 필요로 하는 지금 이 시기에 이런 일이 일어났을까?

'이 빌어먹을 세상 때문에 내 인생은 망가졌어.'

내 마음에는 세상을 향한 원망과 반항심이 가득했다. 사실, 나는 그 누구에게게보다 엄마와 아빠에게 묻고 싶었다. 왜 조심하지 않았냐고, 왜 엄마는 아빠를 말리지 않았냐고, 왜 아빠는 그렇게 욕심 부렸냐고.

하지만 결국 아무런 말도 할 수가 없었다. 나의 부모님이 단 한 순간도 자신들의 이익만을 위해 살았던 사람들이 아니었다는 것을 누구보다 잘 알았기 때문이었다. 우리 집이 잘살 때도 아빠의 옷장에는 낡은 옷들이 가득했고, 시계와 지갑도 다 닳은 것이었다. 심지어 그 시계는 어느 대학교에서 받은 증정품이었다. 엄마가 아빠의 새 옷을 사오면 아빠는 낭비를 한다며 화를 냈지만, 오빠나 나를 위한 지출에 대해서라면 단 한 번도 안 된다고 한 적이 없었다.

엄마라고 다를 것이 없었다. 우리 집 형편이 아주 좋았을 때에도 엄마는 비싼 물건과는 거리가 먼 사람이었다. 엄마는 어려운 이들을 도우며 살아야 한다고 우리를 가르쳤고, 실제로 그렇게 살았다. 계란 팔러 온 아저씨, 우산 고치러 온 아저씨들에게 푸짐한 밥상을 차려 주고, 형편이 어려운 지인들의 자녀 학비를 후원하고, 혼자 사는 지인에게는 옷과 생활용품을 보내 주는 사람이 엄마였다. 어려운 이들을 돕거나 나와 오빠를 위한 일에는 돈을 아끼지 않으면서, 본인은 다 떨어진 속옷도 기워 입는 사람이 엄마였다.

나는 아빠와 엄마가 살아온 그 치열한 삶의 순간들을 알았기 때문에, 아무리 고통스러웠어도 그 삶을 포기할 수 없었다. 부모님을 향한 수없이 많은 질문들과 원망이 나를 아프게 했지만, 그분들이 묵묵히 걸어온 삶의 순간들을 기억하며 결국 그것들을 삼킬 수밖에 없었다.

아빠의 입원

어려워진 경제적 상황은 우리를 물리적으로 힘들게 했을 뿐만 아니라 정신적으로도 황폐하게 만들었다. 30여 년 동안 피땀 흘려 일궈 놓은 회사가 속수무책으로 무너지는 것을 보아야 했던 아빠는 온전한 정신을 유지할 수 없었다.

결국 내가 고등학교 1학년이던 겨울, 아빠는 심한 충격 때문에 정신병동에 입원했다. 이후로도 아빠의 건강은 계속 악화되었고, 내가 고등학교 2학년 때 다시 병원에 입원했던 아빠는 나를 보고도 기억을 못 하기까지 했다.

"아빠, 내가 누구야?"

"아빠… 딸이지…."

"아니, 그러니까 내 이름이 뭐야?"

"미안…한데… 그게 기억이 안 난다. 너 이름이 뭐였지?"

"나 전경은이잖아. 아빠 딸 전경은! 따라 해 봐, 전경은!"

나는 아빠에게 나에 대한 기억을 되살려 주고자 어렸을
때 아빠 앞에서 종종 췄던 춤을 추었다. 깔깔 웃으면서 우스
꽝스러운 춤을 추는데, 눈에서는 하염없이 눈물이 흘렀다.
눈물을 흘리며 춤을 추는 나의 모습을 본 아빠의 눈가에도
이내 눈물이 고여 왔다.

아빠의 병원행은 이것으로 끝나지 않았다. 내가 고등학교
3학년 때는 위 천공으로 다시 병원에 입원한 적이 있었다.
그날의 기억을 떠올리면 아직도 온몸에 소름이 돋는다.

그날 새벽, 공부를 하다가 거실에서 잠이 들었는데 아빠
가 자꾸 나를 발로 밟았다. 나는 늦은 시간까지 공부를 하
다가 잠들었기에, 나를 깨우는 아빠에게 버럭 화를 냈다. 그
럼에도 불구하고 아빠는 계속 나를 밟았다.

"아빠! 왜 그래, 진짜!!"

"경은아, 엄마 좀 불…러…줘……."

아빠는 말을 다 잇지 못한 채 바닥에 쿵 하고 쓰러졌다.
깜짝 놀라 불을 켜 보니 거실 바닥이 온통 피투성이였다. 아
빠는 살려 달라는 말만 반복했고, 나는 방에서 자고 있던
오빠를 급히 깨웠다. 쓰러져 있는 아빠의 모습을 본 오빠는
자기 형이 죽기 5분 전과 같은 모습이라며 이성을 잃고 소리
를 질렀다.

결국 아빠는 또다시 입원을 했다. 병원 문을 열고 들어가
니 아빠는 하얀 환자복을 입고 등을 돌린 채 침대에 누워
있었다. 나에게 태양과 같았던 아빠가, 큰 문제들도 척척 해
결해 내던 아빠가, 아무것도 할 수 없는 환자로 누워 있는 모
습을 봤을 때 그 충격은 이루 말할 수 없었다.

준비되지 않은 이별

내가 기억하는 할머니의 모습은 늘 당당한 여성이었다. 할머니는 혼자되신 이후에 홀로 자녀 세 명을 키우셨다. 할머니는 집안 사정이 어려워 초등학교만 졸업하셨지만, 늘 배움을 게을리하지 않으셨다. 학원에 다니면서 여든 살에도 컴퓨터를 배우셨고, 나와 자유롭게 이메일을 주고받으셨다. 또 할머니는 일제 강점기 때 초등학교를 졸업하셔서 일본어를 유창하게 구사하실 수 있었다. 일본어가 나오는 드라마나 영화를 볼 때면 할머니는 동시통역을 해 주셨는데, 두 언어를 능통하게 구사하시는 할머니의 모습을 보면 입이 떡 벌어졌다. 70대 후반에 20대들도 견디기 힘든 혹독한 다이어트를 해서

10kg이나 감량하셨다.

그야말로 '자기 관리의 끝판왕', '의지의 한국인'이셨던 할머니는 그럼에도 우리에게 늘 '자기 계발에만 힘쓰지 말고 더 어려운 이들을 돌보며 살아야 한다'고 말씀하셨다. 할머니는 말로만 조언하는 것이 아니라 그 조언을 몸소 실천하셨다. 어려운 이웃을 돕고 봉사도 많이 하셔서 자원봉사 대통령상까지 받으실 정도였다. 뿐만 아니라 다른 이들을 위한 기도도 게을리하지 않으셨다. 때때로 할머니가 계신 방문을 열어 보면 할머니는 땀을 흘리며 우리 가족들을 위해 기도하고 계셨고, 우리가 여러 가지 어려운 일로 낙심하면 언제나 기도로 함께해 주셨다.

그런 할머니는 우리 가족들의 기둥이자 정신적 지주였다. 어려운 일들이 생기거나 불안할 때 우리는 늘 할머니와 손을 잡고 기도했다. 내게 할머니는, 그저 나를 사랑해 주는 할머니가 아닌 닮고 싶은 롤모델이자 삶의 지표였다.

그러던 어느 날, 할머니가 화장실에서 미끄러지시는 바람에

뼈에 금이 가서 입원을 하셨다. 몇 가지 검사가 끝난 후 바깥에서 기다리고 있던 우리를 의사가 조용히 불렀다. 할머니가 간암 말기라고 했다.

우리는 뼈만 붙으면 이 병동을 멋지게 걸어 나갈 상상만 하고 계신 할머니께 차마 그 소식을 알릴 수가 없었다. 할머니의 환한 미소를 보면 눈물을 참을 수가 없었고, 몰래 병원 밖에서 엉엉 울곤 했다. 병원 밖에는 우리처럼 환자 몰래 울고 있는 사람들이 많았다. 암흑 같은 현실 속에서 혼자 목 놓아 울고 있을 때면 모르는 사람이 와서 우리를 안아 주곤 했다. 우리는 서로 이름도, 사는 곳도, 나이도 알지 못했지만, 그저 흐느끼는 어떤 이의 어깨를 다독여 주고 싶다는 그 마음 하나로 부둥켜안고 울었다.

시간이 흐를수록 당당하고 멋진 여성이었던 나의 할머니는 점차 기력을 잃으셨다. 의식불명이 되셨다가 기적적으로 다시 의식이 돌아오는 과정을 몇 차례 반복하기도 했다. 할머니는 복수가 차서 숨이 가쁠 때에도 삶에 대한 희망을 놓지 않으셨다. 우리는 할머니가 의식을 잃으면 끝까지 버텨 달라고 할머니의 손을 붙잡고 부르짖었지만, 또 한편으로는 우리 욕심 때문에 할머니를 붙잡고 있는 것은 아닌가 하는 죄책감에 사로잡혔다.

치료를 위해 점점 말라 가는 할머니의 허벅지, 쇄골에 몇 개의 바늘을 찌르고 의미 없는 연명치료를 하고 있을 때면 나는 또 바닥을 기면서 울부짖었다. 왜 우리에게 이렇게 많은 고통을, 감당치 못할 고통을 주시나요? 신이라면 정말 인간에게 이럴 수 있나요? 적어도 신이라면, 나에게서 할머니만큼은 앗아 가지 마세요!

그런 나의 울부짖음을 비웃기라도 하듯, 할머니의 병세는 점점 악화되어 결국 오랜 투병생활 끝에 천국으로 가셨다. 존재 자체만으로도 힘이 되어 주시는 사랑하는 할머니가 암에 걸리신 것도 마음이 아팠지만, 우리 가족이 가장 어려울 때 투병하다 돌아가신 할머니께 해 드릴 수 있는 것이 없어 더욱 슬펐다. 할머니는 우리의 정성 어린 보살핌을 받기는커녕 도리어 마지막 순간까지 우리 가족에 대한 걱정만 하셔야 했던 것이다.

무기력과 분노를 넘어

나는 한동안 타의로 인해 망가진 인생을 탓하며 무기력하게 지냈다. 그러다 정말 간절하게 인생을 열심히 살아야겠다고 다짐하게 된 계기가 생겼다.

아빠가 정신병동에 입원했을 때였다. 학교를 마친 뒤 아빠가 있는 병원으로 뛰어가 병실 문을 열고 들어갔는데, 한없이 늙은 아빠가 침대에 손이 묶인 채로 힘없이 누워 있었다.

'우리 아빠는 멋지고 당당한 사람이었는데, 어느 순간에 저렇게 되어 버렸지?'

그 순간 눈물이 왈칵 쏟아질 뻔한 걸 겨우 참았다. 눈물을 참아 내려고 피가 나기 직전까지 입술을 깨물고 또 깨물었다. 며칠 만에 만난 아빠는 내가 누구인지도, 내 이름이 무엇인지도 기억하지 못했다.

아빠의 기억이 조금이나마 돌아올까 싶어 울면서 우스꽝스러운 춤을 추고 있는데, 병실 문이 스윽 열렸다. 아빠의 이야기를 듣고 지인 중 한 분이 병문안을 오셨던 것이다. 아빠의 손을 잡고 위로해 주시는 모습을 보며 '그래도 아빠에게 따뜻한 친구가 있어서 너무 다행이다'라고 생각했다.

그런데 그로부터 며칠 후, 회사가 곧 부도가 난다는 소식을 들었다. 너무 절박한 나머지, 지푸라기라도 잡는 심정으로 그분에게 전화를 걸었다. 사실, 나도 이런 상황들을 다 수습할 수 없다는 것을 직감적으로 알았다. 그분께 엄청난 경제적 지원을 바란 것이 아니었다. 그저 괜찮다고, 어떻게든 도울 방법을 찾아보겠노라고, 그런 어른의 위로와 따뜻한 한마디가 고팠다. 그런데 그분은 전화로 이렇게 말씀하셨다.

"나는 너네 집 잘살 때 도움 받은 거 없어. 그리고 그때 병문안 간 건 너네 집이 잘사는 줄 알아서 갔던 거야."

이 말을 듣는 순간 나는 '억장이 무너진다'라는 말의 뜻을 실감할 수 있었다. 그분의 말 한마디는 나라는 존재를 무참히 밟고 또 밟아 찌그러진 캔처럼 만든 것 같았다. 그것은 '슬픔', '모멸감', 혹은 '수치심' 같은 단어들로도 완전히 설명될 수 없는 것이었다.

마음속에 두 가지 생각이 들었다. '아무 짝에도 쓸모없는 이 인생, 포기한다고 누가 슬퍼하기나 하겠어?'라는 무기력함과, '저 사람을 파멸시키고 싶다'라는 복수심이었다. 모든 것을 다 잃고 삶의 의욕을 상실한 아빠와, 매일 밤 울다 지쳐 허망한 표정을 짓고 있는 엄마를 보고 있자니 마음속의 분노와 복수심은 더욱 커져 갔다.

나는 다짐했다. 분명 그 사람들은 내가 이대로 인생을 포기하고 제멋대로 살 거라고 생각하겠지만, 나는 절대 그들의 바람대로 살지 않을 것이라고. 보란 듯이 잘 살아 내서 그 사람들이 후회하게 해 줄 거라고. 그래서 나는 그 순간부터, 오직 복수만을 위해 살았다. 내 인생의 목표도, 살아가는 이유도 그 사람에게 복수하는 것이었다. 내 인생이 어떻게 되든, 그 사람들을 파멸시키기만 할 수 있다면 괜찮을 것이라고 생각했다. 그런데 그렇게 악에 받쳐 살다 보니, 다른 생각이 떠오르기 시작했다.

'왜 나의 인생을 다른 이를 향한 복수심으로 허비해야 하는 걸까? 나는 왜 저 사람들 보란 듯이 살아야 하는 걸까?'

그래서 그날, 나는 그 누구를 위해서도 아닌 나를 위해 살자고, 나에게 아무 의미가 없는 사람으로 인해 이렇게 애써 살아온 순간들을 낭비하지 말자고 다짐했다. 누군가에게 보란 듯이 잘사는 거 말고, 그 사람들이 생각나지 않을 정도로 빈틈없이 행복하게 사는 것. 긍정할 수 없는 내 환경일지라도 그것을 받아들이고, 이 상황에서 최선을 다하는 것. 인

생을 포기하고 싶은 마음 말고, 무언가가 되고 싶은 마음을
지키자고 말이다.

2

겨울의
한가운데서

내 인생은 내 것

나는 엄마와 아빠를 생각하며 죽을힘을 다해 버텼지만, 대학이라는 곳은 단순히 이를 악물고 버틴다고 해서 쉽게 갈 수 있는 곳이 아니었다. 대학이나 사회는 우리 집이 한순간에 무너졌다는 사실이나, 내가 인생을 포기하지 않고 버티는 것 자체로도 엄청난 노력이 필요하다는 사실을 알아주지 않았다. 더 화가 나고 억울했던 것은 하루하루 전쟁터 같았던 나의 시간도 남들과 다를 것 없이, 세상의 시간과 똑같이 흘러가고 있다는 사실이었다.

하루는 가슴을 내리치며 이 세상이 끝났으면 좋겠다고 저주를 퍼붓다가도, 하루는 제풀에 지쳐 무기력하게 살아가는 일상이 반복되었다. 그런데 이런 생활을 반복하다 보니, 어느 순간 불행한 환경들을 핑계로 삼고 있는 내 모습을 발견할 수 있었다. 성적이 잘 나오지 않은 것도, 내 성격이 모나진 것도, 지금 이렇게 우는 것도, 무기력하게 살아가는 것도, 내 처지가 이런 것도…. 모두 다 환경 탓으로 미루고 있는 내 자신이 참 못나고, 작아 보였다.

그러던 어느 날, 선물받은 책에서 짧은 기도문 하나를 만났다.

주여, 내가 변화시킬 수 있는 모든 것들을 변화시킬 수 있는 용기와, 내가 변화시킬 수 없는 것들을 받아들일 수 있는 겸손과, 그 차이를 알 수 있는 지혜를 허락하소서.

교회를 오래 다녔기에 수없이 많은 기도문들을 봐 왔지만, 이상하게 그 기도문이 계속해서 마음에 맴돌았다. 그리고 그 기도문은 나 자신에게 질문을 던지게 했다. 내 인생은 내 것인데, 내가 아닌 운명과 환경이 결정하도록 내버려 두는 것은 비겁하지 않은가. 비록 이렇게 된 것이 내 탓은 아니지만, 환경 뒤에만 숨어서 아무런 노력도 하지 않는 것은 내 인생의 가치를 부정하는 것 아닐까. 그 기도문을 만난 날, 나는 작은 다짐을 했다. 쓰러질 땐 쓰러지더라도 용기 있게 운명에 맞서 보겠다고. 적어도 비겁하게 주어진 환경만 탓하는 사람은 되지 않겠다고 말이다.

대학의 문이 열리다

2013년 10월 29일 오후 3시. 나는 아직도 그날을 생생히 기억한다. 아니, 아마 죽는 순간까지 그날의 벅찬 기억을 잊지 못할 것이다. 여느 때처럼 교실에서 자습을 하고 있었는데, 갑자기 핸드폰이 지잉 울렸다. 문자가 도착했다는 소리였다.

'2014학년도 이화여자대학교 수시합격자 발표'

가슴이 쿵쾅쿵쾅 뛰기 시작했다. 내 귀에 심장이 뛰는 소리가 들리는 것 같았다. 핸드폰 창에 수험번호를 입력하려고 하니, 손은 수전증 환자처럼 덜덜 떨려 왔고 이마에서는 식은땀이 나는 듯했다. 나는 혹시라도 옆의 짝이나 친구들이 볼까 봐 애써 태연한 척하며, 오른손으로 핸드폰을 반쯤 가리고 가느다랗게 실눈을 뜬 채 화면을 쳐다봤다.

'제발… 제발……. 그동안 모든 것들을 내게서 다 빼앗아 가셨으니까 이것만은 제발 거절하지 말아 주세요. 제발… 제발…….'

그 찰나의 순간이 몇 시간처럼 느껴졌다. 겨우 마음을 다잡고서, 가리고 있던 손을 반쯤 내리고 감았던 눈을 뜨자 '축하합니다!'라는 글씨가 보였다.

'합격'이라는 단어를 보니 지난 6년 동안 애태우며 고생한 시간들이 영화의 장면들처럼 스쳐 지나가는 듯했다. 날마다 집이 더 어려워져서 이불 속에서 수없이도 많은 눈물을 흘렸던 기억, 아무리 배우고 풀어도 이해가 안 되고 안 풀리던 수학 문제를 놓고 분통을 터뜨리던 기억, 집안 사정이 어려워져 학원비를 돌려받았던 기억, 수명이 다 된 컴퓨터를 부여잡고 썼던 수십 장의 자기소개서와 봉사활동 소감문, 그렇게 써낸 소감문으로 자원봉사상을 여럿 받았던 날까지. 이 세상의 모든 저주를 다 받은 듯했던 나에게도 이런 순간이 오는구나 싶어 금방이라도 눈물이 터질 것 같았다. 한참을 울고 나니 설레는 마음을 주체할 수가 없었다. 밖에 나가서 지나가는 사람들의 손을 붙잡고 "제가 대학에 붙었어요!", 차를 타고 가다가 문을 열고 "나 대학에 합격했어요!"라고 소리를 지르고 싶을 정도였다.

학교를 마치고 집으로 어떻게 돌아왔는지 기억도 나질 않는다. 그저 부모님께 이 기쁜 소식을 빨리 알려야겠다는 생각에 발걸음이 빨라졌다. 그리고 내 마음속 어디선가 이런 소리가 들리는 듯했다.

'전경은 인생, 제2막 시작!'

사막에서 물을 끌어 올리듯이

9년 전, 오빠는 우리 집이 가장 부유할 때 입시를 준비했었다. 그리고 오빠는 공부하는 시간이 길었던 학원을 싫어했기에 전 과목 개인 과외를 받았다. 이 뿐만 아니라 스트레스를 풀 수 있는 맛있는 음식, 몸에 좋은 보양식, 값비싼 옷, 때에 맞는 여행, 그리고 그 외에도 온갖 좋은 것으로 부모님의 뒷바라지를 받았다. 어린 나의 눈에 오빠는 원하는 것은 무엇이든지 가질 수 있는 사람처럼 보였다. 자신의 삶을 희생해서라도 자녀의 교육을 위해서라면 무엇이든 최고로 해 주시는 많은 부모님들처럼 우리 부모님도 충분히 그렇게 하셨기 때문이다.

그런데 내가 입시를 준비할 때는 모든 것이 부족했다. 지금이야 가정환경이 넉넉하다고 모든 것을 가진 것도 아니고, 가정환경이 어렵다고 아무것도 없는 것이 아니라는 것을 알지만, 그때 내가 느끼기엔 부족한 정도가 아니라 아무것도 없는 것 같았다.

하지만 대학에 합격하고 나서 깨달았다. 나에게 없는 것들이 오히려 나에게 있는 것이었음을. 만약 집이 좀 더 풍족했었더라면 나는 좋은 성적을 위해 수능 대비 학원을 다니고, 논술 학원도 다니고, 더 확실한 준비를 위하여 영어 특기자 전형도 준비했을 것이다. 이 뿐만 아니라 내가 준비했던 '입학 사정관 전형'도 학원의 전문적인 도움과 컨설팅을 받았을 것이다. 하지만 가진 것이 많지 않았던 나는 그 상황에서 해 볼 수 있는 입학사정관 전형에만 전념할 수밖에 없었다. 봉사나 각종 체험활동을 위해 열심히 발품을 팔고, 나에게 필요한 입시 정보를 스스로 수집하고, 대학 입시에 성공한 사람들의 카페에 글을 올려 도움을 청하고, 수십 장, 수백 장의 자기소개서와 소감문을 쓰고 또 쓰면서 내게 맞는 전형을 준비했다. 이런 노력 덕분인지 원하는 대학교에 수시로 합격할 수 있었다. 당시에는 알지 못했지만, 시간이 흐른 뒤에 깨달았다. 틀리거나 부족한 것이 아니라 다른 사람들과 좀 다른 것. 그것이 내가 가지고 있는 무기이자 도구였다.

부족한 환경이 오히려 나로 하여금 나를 위한 최적의 것이 무엇인지 고민하게 한 것이다. 명확한 확신도 없이 다른 사람의 조언에만 귀 기울이는 대신, 진짜 내 꿈이 무엇이며 내가 무엇을 잘하는지, 내게 어떤 능력이 있는지를 발견하게 했다. 마치 사막에서 물을 끌어 올리듯이, 고통스러운 환경은 오히려 내 안 어딘가에 숨어 있던 큰 힘과 잠재력을 만나게 해 주었다.

황당한 용돈 협상

드디어 꿈에 그리던 대학생이 되자, 나는 온갖 환상에 빠졌다. 살도 빼고, 하늘거리는 꽃무늬 치마도 입고, 머리도 예쁘게 파마하고, 용돈을 받아서 맛있는 것도 먹고 카페도 다닐 생각을 하니 가슴이 벅차올랐다. 고등학교 때 오직 먹는 것으로 스트레스를 풀다가 과도하게 쪄 버린 살도 다 빼야겠다고 다짐했다. 사업이나 과외, 아르바이트 등으로 돈도 금세 벌 수 있으리라고 생각했다. 어린 시절, 팔찌와 목걸이를 만들어 학교 친구들에게 판매했던 기억을 떠올리며, 옷이나 액세서리 장사를 하는 상상의 나래를 펼치기도 했다. 그야말로 대학에 가면 내가 꿈꾸던 모든 일이 나를 기다리고 있을 것이라고 착각하고 있었다. 조금만 노력하면 나는 무엇이든 해낼 수 있는 사람이고 이런 환경도 쉽게 바꿀 수 있을 거라는 꿈에 부풀어 있었던 것이다.

그런데 막상 친구들과 시간을 보내려면 '돈'이 필요했다. 어렸을 때는 돈이 없어도 시간만 있으면 무엇이든 할 수 있었다. 그런데 이제는 놀이터에서 흙을 만지며 놀 수도 없는 노릇이었고, 오랜만에 만난 친구들과 이야기를 나누려면 음식점 혹은 카페에 갈 돈이 필요했다.

친구들은 이미 부모님과 친척들에게 대학 입학 기념 선물이며 용돈을 두둑이 받았다지만, 나는 엄마에게 그 정도까지 바라지는 않았다. 단돈 10만 원이라도 도움을 준다면 나머지는 아르바이트로 충당해 나갈 생각이었다. 그저 얼굴에 바를 만 원짜리 화장품, 입시 때문에 못 봤던 친구들을 만날 때 마실 커피 한 잔, 벚꽃 휘날리는 봄날에 입을 원피스 한 벌, 굽 높은 구두 한 켤레, 그리고 작은 가방 하나 정도가 내가 바라는 전부였다.

'얼마를 주시려나? 지금까지 고생한 내 마음을 아는 엄마가 깜짝 이벤트라도 준비하시는 걸까?'

원대한 꿈에 부풀어 있는 나와는 다르게 엄마는 용돈에 대해 일언반구 언급도 없었다. 기약 없는 기다림에 지친 나는 엄마에게 먼저 말을 걸었고, 드디어 엄마와 나는 용돈 협상 테이블에 마주 앉았다. 엄마는 한참을 머뭇거리다가 입을 열었다.

"경은아, 너도 알지? 엄마는 이제 돈이 한 푼도 없어. 생활비도 없어서 너에게 용돈을 줄 수가 없어. 미안해."

온갖 상상의 나래를 펼치던 중에 갑자기 예상치 못한 답변이 돌아왔다. 순간 머릿속이 아찔해지면서 온 세상이 멈춘 것만 같았다. 너무 당황해서 멍해진 나에게, 이어지는 엄마의 말은 더욱 황당했다.

"대신 엄마가 너에게 아르바이트가 생겨서 용돈이 해결
되도록 기도를 해 줄게. 그리고 엄마도 주변에 영어 과외
가 필요한 사람이 있는지 알아볼 테니까 너도 한번 알
아보렴."

그야말로 맥이 탁 풀려 버리는 발언이었다. '그놈의 기도,
이젠 정말 지긋지긋하다'라는 생각이 가장 먼저 들었다. 할
머니도, 엄마도 최선을 다해 기도했고 우리가 믿는 신에게
매달렸다. 우리를 살려 달라고, 제발 이 벼랑 끝에서 밀어내
지 마시라고.

매일 밤 집 앞 교회에 가서 기도하는 엄마에게 하루는 이
렇게 물었다.

"엄마, 오늘은 하나님이 뭐래? 알겠다셔? 우리 기도 들리
신대?"

그러자 엄마는 힘없이 말했다.

"몰라. 대답하실 때까지 그냥 가서 또 물어보는 거지. 들리시냐고."

우리는 그렇게 하나님한테 제발 대답 좀 하시라고 외쳤지만, 그분은 아무 대답이 없으셨다. 바짓가랑이라도 붙잡는 심정으로 절실하게 기도했지만, 아빠가 평생토록 일구어 놓은 회사는 무너졌고, 엄마와 나는 매일 밤 협박당했으며, 오빠는 상실감에 빠져 입을 닫았다.

기도를 해도 달라지는 게 하나도 없는데, 또 기도를 해 준다고? 아니, 기도하면 하늘에서 돈이 떨어지나? 이렇게 어려운 상황 속에서도 그렇게 노력해서 대학에 합격했는데, 내게 돌아오는 보상이 겨우 나를 위한 기도라니?

나의 눈물겨운 노력들을 너무나도 잘 아는 엄마이기에 더 큰 상실과 배신감이 느껴졌다. 9년 전 부모님의 전폭적인 지지를 받으며 대학에 간 오빠는 원하는 옷, 으리으리한 스포츠카, 부족함 없는 용돈 등 원하는 모든 것을 얻었다. 그런데 어려워진 집안 환경 때문에 다니던 학원도 그만두고, 고물

컴퓨터로 수백 장의 자기소개서를 쓰고, 물배를 채우며 대학에 합격한 나에게 주어진 것은 아르바이트였다.

나는 엉엉 소리 내어 울기 시작했다. 친구들은 대학에 합격했다고 부모님과 친척들이 최신형 스마트폰에, 온갖 옷에 화장품까지 사 주고, 용돈도 넘치게 주는데, 나에게는 고작 해 줄 것이 기도밖에 없다니. 친구들은 부모님께 받은 돈으로 매일 쇼핑을 하러 가고 그동안 못 갔던 해외여행 갈 이야기를 하고 있는데, 나에게는 경제적으로 독립하는 것이 아주 성숙하고 멋진 사람인 것처럼 포장하는 엄마가 너무 미웠다. 그리고 그 지겨운 기도, 신앙, 신과 같은 단어들에 신물이 날 것 같았고, 아무리 기도해 봤자 내 기도는 듣지 않으시는 신에게도 화가 났다.

한편으로는 사랑하는 딸에게 용돈을 줄 수 없는 엄마가 얼마나 마음이 아플까? 하는 생각도 들었지만, 한편으로는 용돈을 줄 수 없는 무능력한 엄마가 미웠다. 오빠에게 용돈을 부탁하려 해도, 엄마는 신입사원인 오빠에게 부담을 주면 안 된다며 막았다. 나는 명백한 피해자인데, 우리 집에는 그 누구도 가해자라고 지목하고 원망할 사람이 없다는 사실이 황망했다.

빵점짜리 과외선생, 천사를 만나다

난 정말 재수가 없는 사람 같았다. 집도 파산하고, 채권자들에게 협박 전화를 받고, 아빠는 알코올중독으로 인해 삶의 의욕을 상실한 채 입을 굳게 닫고, 엄마는 눈물이 마를 새가 없고, 오빠는 늘 회사 일로 바빴다. 한 줌의 희망도 없어 보이는 이 상황에서 대학생인 내가 가정의 생계까지 걱정해야 한다는 것도, 구질구질한 내 자신도 끔찍하게 싫었다. 내가 소위 'SKY'에 다니는 것도 아니고, 하물며 영문과도 아닌데 누가 나에게 영어 과외를 맡기나? 돈은 당장 필요한데 어느 세월에 과외는 구하며, 그 과외비는 언제 받아서 내가 필요한 것들을 살 수 있을까? 우울한 생각들이 꼬리에 꼬리를 물었다.

용돈에 관해 이야기한 이후로 엄마와 며칠 동안 냉전 시기를 보내던 중, 불행 중 다행으로 과외 제의가 들어왔다. 엄마 지인분의 아들이 때마침 학원을 바꾸려 하는데 영어 과외를 필요로 한다는 것이었다.

'엄마가 용돈을 못 준다고 하니까 내가 열심히 벌어서 내
마음대로 다 써 버릴 거야.'

나는 불만에 가득 차 있었지만, 그래도 직접 돈을 벌 수 있다는 아주 작은 희망을 가지고 첫 과외 미팅을 하러 갔다. 설레기도 했지만 한편으로는 나의 미흡한 부분을 들킬까 걱정되기도 했다. 그런데 걱정했던 바와는 다르게 미팅이 순조롭게 진행되어 난생 처음으로 과외를 시작하게 되었다.

나의 첫 학생은 초등학생이었는데, 내가 영어 전공자도 아니고 학생이 시험을 보는 나이도 아니었기 때문에 과외비를 많이 받을 생각은 없었다. 그저 일자리가 생긴 것만으로도

감사했는데, 그 학생의 어머니는 내 생각보다 훨씬 더 많은 과외비를 주셨다. 내가 예상했던 것보다 두 배 가까이 되는 금액이었다. 나는 깜짝 놀라서 한사코 거절을 했지만, 그분은 원래 다른 선생님에게 주려던 금액이라고 말씀하시며 나에게는 너무나 과분한 첫 과외비를 선뜻 주셨다.

그때는 철이 없어 필요한 용돈이 채워진 것만 생각하면서 좋아하고 말았는데, 지금 생각해 보니 그분이 우리 집 형편을 아시고는 많은 과외비를 통해 도움을 주는 방법을 택하신 것 같다. 나는 과외가 처음이라 어떻게 가르쳐야 하는지, 교재는 어떻게 골라야 하는지 아무것도 모르는 초짜였는데 말이다.

아직 대학 생활이 익숙해지지 않은 이른 시기부터 과외를 시작했던 터라 나는 빵점짜리 과외선생이었다. 새로운 생활이 몸에 익을 때까지는 단어 시험을 봐주다가 깜빡 졸기도 하고, 지하철을 놓쳐 과외 시간에 늦기도 했다. 그런데 내가 헐레벌떡 뛰어가면 그 학생 어머니는 뛰어오지 않아도 된다고, 대학생들 바쁜 것 아니까 늦어도 괜찮다고 말씀해 주

셨다. 그분은 전문 과외 교사도 아니고 천방지축 대학생에
불과하던 나를 따뜻하게 대접해 주시면서, 학부모로서 당연
히 누려야 할 권리는 바라지 않으셨다. 그분은 나를 향한 엄
마의 기도의 응답이었고, 내게는 친구랑 밥도 먹고 차도 마
시고 예쁜 옷과 필요한 책도 살 수 있게 도와주신, 그야말로
꿈 같은 대학생활을 할 수 있도록 열어 주신 천사와 같은 분
이었다. 비록 엄마와의 용돈 협상은 이루어지지 않았지만 이
내 나는 깨달았다. 엄마가 기도한 대로, 보이지 않는 용돈 협
상 테이블에서는 내가 바라 왔던 것보다 훨씬 더 많은 것들
이 내게 주어졌음을.

미용실 대신 셀프 미용

중·고등학교 시절, 엄마는 공부하는 데 방해가 된다는 이유로 가능한 한 머리를 짧게 자르라고 나를 설득했다. 머리 길이와 공부를 잘하는 것의 상관관계는 지금도 이해할 수 없지만, 그 당시 나는 마땅히 반박할 말도 없었고 엄마의 설득을 당해 낼 재간이 없었기에 엄마의 뜻을 따를 수밖에 없었다. 그런데 막상 대학생이 되어 두발에 대한 자유를 얻게 되자, 그 머리를 내가 꿈꾸던 모습처럼 예쁘게 꾸미고 다닐 경제적 여유가 없다는 사실을 곧 깨닫게 되었다.

나는 미용실 비용을 아끼기 위해 거울을 보며 스스로 머리를 잘랐다. 하루는 혼자서 힘겹게 머리를 자르는 나를 본 엄마가 뒷머리를 잘라 주겠다고 나섰다. 조금 걱정은 되었지만, 평소 손재주가 없는 엄마도 아니었고, 일자로 자른 머리를 다듬기만 하면 되었기에 엄마에게 선뜻 가위를 넘겼다. 그런데 자신 있게 머리를 자르던 엄마의 표정이 점점 돌처럼 굳어 갔다. 거울 너머로 엄마의 당황한 모습이 비쳤다.

"경은아… 정말 미안해."
"왜? 무슨 일 생겼어?"

다른 사람의 머리를 잘라 본 경험이 없었기에 엄마는 내 머리카락을 삐뚤삐뚤한 계단형으로 잘라 버렸고, 그 실수를 수습하려다 보니 머리카락이 점점 짧아지고 있었던 것이다. 내가 예쁘고 긴 생머리를 유지하고 싶어 했던 것을 알았던 엄마는 연신 사과를 했다.

엄마를 안심시키기 위해 괜찮다고 말은 했지만, 당장 이 상황을 어떻게 수습해야 하나 싶어 머릿속이 하얘졌다. 미용실을 가기엔 이미 너무 늦었고, 결국 울며 겨자 먹기로 머리를 예상보다 짧게 자를 수밖에 없었다.

줄곧 혼자 머리를 잘라 온 나에게 친구들은 종종 어떻게 셀프 미용을 할 생각을 했냐고 물었다. 그럴 때면 나의 게으름을 핑계 대며 말끝을 흐렸지만, 나는 경제적 부담을 느끼지 않고도 미용실에 갈 수 있는 그 친구들이 부러웠다. 하지만 나는 부러워하기만 하면서 가만히 있을 상황이 아니었기 때문에 셀프 미용을 택했을 뿐이었다. 당장 내일 학교를 가야하는데 계단식 생머리를 휘날리며 갈 수는 없었기 때문이다. 그래서 동영상을 보며 머리 자르는 법과 고데기 사용법을 열심히 익혔다.

하지만 셀프 미용은 생각보다 너무 어려웠다. 처음에는 왼쪽을 자르면 오른쪽이 이상해 보이고, 오른쪽을 자르면 왼쪽이 이상해 보였다. 앞머리 길이 맞추는 법을 알지 못해 앞머리를 '댕강' 잘라 버린 적도 있었다. 그럴 때면 너무 속이 상해서 가위를 바닥에 내던져 버렸다. 또 머리를 멀쩡히 자르고 나니 고데기는 사용하기가 또 어찌나 어려운지. 고데기를 사용하는 게 익숙해질 때까지 왼쪽은 축 처진 소라빵, 오른쪽은 아주 뽀글뽀글한 꽈배기 같은 머리를 하고 다녀야 했고, 얼굴에 크고 작은 화상도 입었다.

'에잇, 고작 몇 푼 아끼자고 이게 뭐하는 짓이야.'

우스꽝스러운 머리를 하고 있는 거울 속 내 모습을 볼 때면, 돌아갈 수 없는 예전이 너무 그리워졌다. 밥 한 끼, 차 한 잔, 전화 한 통을 아끼며 있는 힘껏 적응하려고 노력했지만, 생활 속의 사소한 불편들은 풍족했던 과거를 자주 떠올리게 했다. 그 시절이 분명 최고로 행복했던 것은 아니었는데, 이젠 가질 수 없으니까 그 시절의 모든 것이 아름답고 행복했던 것 같았다.

'있다가 없으니까 숨을 쉴 수 없어'라는 노래 가사처럼, 당연하게 가지고 있던 것을 잃는 일은 상상 이상으로 고통스러웠다. 아예 처음부터 가진 것이 없었다면 몰랐을 아픔이었다.

쫓기듯 이사

우리 가족은 벼랑 끝에 몰리다 못해 결국 살던 집을 팔고, 낡고 작은 집으로 이사를 가야 했다. 나의 삶의 모든 순간이 깃든 집을 떠나는 것도 슬펐지만, 집에서 쫓기듯 나가야 한다는 사실이 더 절망스러웠다. 이 집만이라도 남겨 둘 수는 없겠냐고 엄마에게 눈물로 호소해 보았지만, 매일같이 불어나는 빚더미와 끊이지 않는 협박에 시달리던 엄마는 집을 팔 수밖에 없었다.

이삿짐센터에서 한바탕 휩쓸고 나가자 이사는 순식간에 끝났다. 부모님이 열심히 쓸고 닦았던 바닥은 먼지투성이에 온통 새까매졌고, 내 어린 시절의 추억이 모두 담긴 방도 텅

비었다. 그 아파트를 뚜벅뚜벅 걸어 나오는데, 우리가 사랑했던 이곳의 사계절이 문득 떠올랐다. 연분홍 벚꽃과 보랏빛 라일락, 붉은 진달래며 장미꽃들이 흐드러지게 피는 봄, 녹음 우거진 여름, 단풍 빨갛게 피는 가을, 그리고 뒷산에 눈이 소복이 쌓이던 겨울마다 새겨진 우리의 추억들이 스쳐 지나갔다. 자꾸만 그리워질 것 같아서, 나는 눈을 꾹 감은 채 뒤돌아섰다.

우리는 가족의 모든 순간이 깃든 그 공간을 그렇게 쫓기듯이 떠나왔다. 아니, 그 공간에 깃든 우리의 소중한 순간들과 추억을 송두리째 빼앗겼다는 표현이 더 맞을 것이다. 사전적 의미로 이사는 '사는 곳을 다른 데로 옮기는 일'일 뿐이지만, 내게는 단순히 거주지를 옮기는 일이 아니었다. 원치 않는 이사였기 때문에 더더욱 그랬을 것이다. 그래서 스무 살의 8월은 여전히 나에게 아픈 기억으로 남아 있다.

나에게 이 사건이 더 끔찍한 고통으로 다가왔던 이유는, 이사를 간 이후에도 그 동네를 완전히 떠날 수 없었기 때문이었다. 우리 가족은 바로 그 집 앞에 있는 교회를 다니고 있어서, 이사를 간 이후에도 나는 그 동네에 매주 갈 수밖에 없었다. 교회에 갈 때면 혹시 예전 이웃이나 지인들을 우연히 마주칠까 두려워서 늘 고개를 푹 숙인 채 뛰어가곤 했다.

그러던 어느 날, 그곳에 살고 있는 친한 언니가 자신이 입지 않는 옷을 주겠다며 나를 집으로 초대했다. 언니가 준 예쁜 옷이 가득 든 가방을 들고 집에 가는 차를 기다리고 있는데, 저절로 고개가 그리운 우리 집으로 향했다. 불 켜진 익숙한 베란다에서 낯선 아주머니 한 분이 왔다 갔다 하고 있었다. 그 집을 가만히 바라보고 있자니 가슴이 아려 왔다.

'그래. 이제 저긴 우리 집이 아니야. 그러니까 우리 엄마가 아니라 다른 아줌마가 있는 건 당연한 거지. 에이, 뭐 하러 쳐다봐서는……. 저기 살 때는 엄청 행복하기만 했나? 괜히 기억을 미화시키지 말자.'

애써 괜찮은 척하면서 뒤돌아서는데 눈에서 자꾸만 눈물이 났다.

'내가 죽기 전에 저런 집에 다시 살 수 있을까? 엄마 아빠가 저 집을 사고, 예쁘게 꾸미고, 알뜰살뜰 살아 내기 위해 얼마나 노력했는데, 어쩌다가 이렇게 한순간에 남의 것이 되어 버렸을까?'

집으로 돌아오는데 그동안 잊고 있었던 '우리 집'에서 지내던 순간들이 떠올랐다. 그 공간을 잃었을 때 추억들도 다 마음 한 켠에 묻어 두었는데, 가슴 아프게도 자꾸만 행복했던 순간들이 떠올라 마음을 괴롭혔다. 가족들과 식탁에 둘러앉아 김이 모락모락 나는 밥을 맛있게 먹던 기억부터 아빠가 하던 일이 잘되었을 때 축하 파티를 했던 기억, 오빠가 원하는 대학에 합격해서 온 가족이 방방 뛰었던 일, 월드컵 때 우리나라가 4강까지 올라가자 평소 조용하던 엄마가 베란다 문을 열고 엄마답지 않게 '골골골~'이라고 소리를 지르며 기뻐해서 우리를 웃게 했던 일, 친구들과 같이 잠옷 파티를 하고 놀았던 일……. 우리의 소중한 순간들이 이젠 다 남의 것이 된 듯했다.

여전히 작은 것에 무너지는 나

유난히 추웠던 1월의 어느 날, 서울에는 폭설이 내려 거리가 꽁꽁 얼고 살점이 떨어져 나갈 것만 같은 매서운 바람이 불었다. 그날 친구와 경리단길 꼭대기에 위치한 음식점에서 저녁을 먹고, 아는 오빠네 가족이 운영하는 근처 카페에 들르기로 했다. 기왕 이태원에 왔으니, 굳이 다른 가게에 가는 것보다 지인의 가게에 가서 한 잔이라도 더 팔아 주자는 생각이었다. 우리는 옷 사이로 들어오는 칼바람을 피하고자 코트 단추를 목까지 채우고 걸음을 재촉했다.

한참을 걸어간 끝에 경리단길 중턱에 위치한 W오빠네 가게에 도착했다. 커피 한 잔을 주문하고 친구와 이야기를 나

누고 있었는데, 때마침 가게에 들른 W오빠가 위층으로 올라
와 나에게 인사를 했다.

"경은이 왔어? 나는 어머니 심부름하러 잠깐 들렀어. 맛
있게 먹고 잘 놀다 가!"

오빠는 얇은 점퍼와 운동복을 입은 아주 편한 차림이었
다. 아마도 집에서 쉬다가 차를 타고 가게에 잠시 들른 모양
이었다. 오빠는 그저 나에게 인사를 하러 올라온 것뿐이었
는데, 그 짧은 순간 많은 생각이 들었다.

'역시 삶이 여유로운 사람에게서 풍겨져 나오는 분위기는
다르구나. 나는 언제쯤 저렇게 여유로워 볼 수 있을까? 죽
도록 노력하면 얻을 수 있는 걸까?'

집안 사정이 어려워진 이후 내가 습관적으로 내뱉곤 하
는 말이 있었다.

'이거 안 되면 난 죽어.'

조금은 과격한 말이지만, 나는 단 한 순간도 절실하지 않은 적이 없었다. 길거리를 걷다 말고 주저앉아 울다가도, 병상에 누워 있는 아빠, 아빠 대신 엄마를 매일같이 협박하는 채권자들, 우리가 베풀었던 선을 배신으로 되갚는 사람들을 보면 나는 다시 일어서야만 했다. 그리고 그런 절박함이 의지할 것 하나 없는 광야에서도 나를 끈질기게 살게 했다. 내가 그토록 절박하게 원했던 것은 오직 하나였다.

'내 가족, 그리고 내가 사랑하는 사람들을 지키고 싶다.'

그런데 막상 대학에 입학해 보니 나는 일개 대학생일 뿐이었다. 내가 사랑하는 사람들을 지키기는커녕 내 한 몸 앞가림하기도 힘든 스무 살일 뿐이었다. 그토록 원하던 대학에 왔지만, 졸업을 한다고 해서 내가 대단한 위인이 되는 것도 아니고 잃어버린 재산을 회복할 만큼 돈을 벌 수 있는 것도 아니었다. 내가 아무리 최선을 다하고 발버둥을 쳐 봐도 세상은 그대로였다.

대학만 입학하면 원대한 꿈을 이룰 수 있을 것만 같았던 막연한 기대와는 달리, 스물세 살의 나는 바닥 난 체력으로 겨우 학교를 다녔고, 부도가 났을 때 방황하느라 떨어진 학점을 회복하기 위해 애를 먹고 있었으며, 주 5회 아르바이트에 봉사활동으로 바빴고, 교환학생을 가고 싶어서 번 돈을 고스란히 학원비로 쓰고, 그런 와중에 책을 써 보겠다며 여기저기 뛰어다니고 있었다.

이토록 숨 가쁘게 바쁜 일상이지만 그럼에도 불구하고 최선을 다하는 삶이 아름답다고 자부하며 살아왔는데, 오빠를 보는 순간 내 태도가 착각 혹은 자기 위로에 불과했다는 생각이 들었다. 이렇게 일상을 꾸역꾸역 살아 내면 뭐가 달라지긴 하는 걸까? 그래서 이렇게 하면 내가 뭐가 되기라도 해?

그 순간에는 어떻게든 살아 보겠다고 버텨 온 나의 모든 노력들이 다 부질없게 느껴졌다. '경은아, 너라도 잘해야지.

그래야 너희 부모님이 살지. 매 순간 최선을 다해 살아'라는 위로가 듣기 싫었을 때, 내가 너무도 하찮아 보일 때마다 나를 위로했던 것은 그런 삶이 아름답고 멋지다는 자부심이었다. 그런데 그 자부심이 나를 먹고살게 해 주나? 고작 책 한 권 써 보겠다고, 여러 사람들을 붙잡고 부탁하고 있는 내 자신이 가여워 보였다.

W오빠네 가게에서 나와 녹사평역까지 터벅터벅 걸어가고 있자니, 살을 에는 듯한 이 추위가 차가운 현실의 벽처럼 느껴졌다.

'우리 집도 오빠네랑 비슷한 형편일 때가 있었는데, 어느 순간에 이 모양이 되어 버린 걸까?'

걸음을 옮길 때마다 부정적인 생각들이 꼬리에 꼬리를 물었고, 마치 내가 이 세상의 먼지보다 못한 존재가 된 것 같았다. 제 앞가림도 제대로 못하는 생계형 대학생 주제에 그 추운 겨울, 친구네 가게에 들러 커피 한잔을 '팔아 준다'고

겨울의 한가운데서

99

생각했던 내 자신이 너무 우스웠다.

사실 나는 많은 것을 바란 적이 없었다. 좋은 차, 아주 비싼 옷, 모두에게 뽐낼 만한 넓은 집이 아닌 그저 조금 숨통이 트이는 삶, 더운 날 돈 걱정 없이 에어컨을 틀어 보는 것, 손이 얼 것같이 추운 겨울에 따뜻하게 지내는 것, 딱 그 정도가 내가 바라는 것이었다. 다른 이들에게는 너무 사소해서 일상이라고 불리는 가족과의 행복한 저녁 시간, 생계형에서 아주 조금 벗어난 여유로운 생활, 아등바등 살지 않아도 별 문제 없이 지낼 수 있는 집안 환경 같은 것들이 나에게는 더 이상 꿈도 꿀 수 없는 일들처럼 느껴졌다. 마치 평범한 일상의 꿈을 꾸다가 하늘의 별이 된 성냥팔이 소녀처럼 나 또한 그 일상을 갈망하고 있었다.

동화 속 성냥팔이 소녀에게는 커다란 꿈이 없었다. 성냥을 팔지 못하면 집에 돌아갈 수도 없는 소녀는 단지 꽁꽁 언손을 녹이고 싶어서 성냥 한 개비를 그었고, 따뜻한 난로, 맛있는 음식, 크리스마스 트리 같은 것의 환상을 보고 싶어서 성냥을 켜고 또 켜다가 결국 죽음을 맞이했다. 누군가에겐 너무나 사소해서 행복이라고 부르지도 못할 그런 것들이 소녀에겐 마지막 남은 성냥을 쓰고 마침내 목숨을 잃을 정도로 소중했던 것이다. 어쩌면 나도 그 작은 행복이 그리워서 이리 뛰고 저리 뛰며 애쓰고 있는 것일지도 모르겠다는 생각이 들었다.

'내 마음이 이렇게 힘든데, 내가 겪은 어려움을 통해 다른 사람들에게 희망을 준다고? 도대체 누가 누구한테 희망을 주겠다는 거야? 내가 대학을 졸업한다고 해서, 취업을 좀 한다고 뭐가 달라질 수 있다는 거야? 내 힘든 마음은 도대체 누가 알아주나……'

그저 친구네 가게에 들러 커피를 마시고 온 것뿐인데, 서러운 마음은 걷잡을 수 없이 커졌고 커피 한 잔을 팔아 주겠다고 간 내 자신이 너무도 작아 보였다. 다른 사람들 눈에 비친 겉모습은 어려움을 잘 이겨 내고 꿈을 향해 열심히 생활하는 발랄하고 상냥하고 씩씩한 여대생이었지만, 내 안에

는 여전히 지나가는 희미한 바람에도 무너지곤 하는 지극히
약한 모습이 숨어 있었다.

사실은 모두가 자신만의 아픔을 안고 산다

시간이 흐른 뒤, 나는 이 에피소드를 책에 담고 싶어 W오빠를 찾아갔다. 사실 오빠에게 사과를 하고 싶기도 했다. 마치 내가 오빠를 시기 질투한 것 같아 창피하기도 했다.

기어들어 가는 목소리로 허락을 구하자 오빠는 흔쾌히 수락했다.

"내 이야기가 책의 소재로 쓰인다는 건 좋은 일이지! 마음껏 써!"

그런 후에 한마디를 덧붙였다.

"야, 근데 나는 네가 더 부럽다! 토요일 밤에 데이트 할 애인도 있고, 네가 하고 싶은 명확한 꿈도 있고. 나는 주말 저녁에 운동복 입고 엄마 심부름 간 거잖아. 그리고 나는 그 얇은 점퍼 하나로 겨울을 버텼는데 그런 오해를 받다니 억울하다."

미안해서 멋쩍어하는 나를 위해 더 밝게 이야기하는 오빠를 보니 괜스레 코끝이 시큰해졌다. 말 한마디로, 나의 작은 생각으로 오빠가 쌓아 올렸을 노력과 삶의 순간들을 무시해 버린 것 같아서 부끄럽고 미안해졌다.

돌아보면, 굳이 왜 그렇게까지 생각했을까 싶다. 그날 오빠는 값비싼 정장을 차려입고 온 것도, 대단히 좋은 차를 타고 온 것도 아니었다. 그저 아주 편한 운동복 차림으로 어머니 심부름을 하러 가게에 왔을 뿐이었다. 그런데 나는 그런 오빠를 보며 자격지심을 느끼며, 내 자신을 아주 쓸모없는 인간이라고 폄하했다. 오빠가 경제적으로 여유로워 보여서 그랬던 것도 아니었다. 평소 내 주위엔 그 오빠 못지않게 여유로운 생활을 하는 친구들이 많았음에도 불구하고, 나는 그들의 부와 나의 상황을 비교하며 자괴감을 느낀 적이 없었다.

곰곰이 그날의 일들을 되짚어 보니, 유난히 추웠던 그날 책 관련 미팅이 순조롭게 풀리지 않았었다. 오랜 시간 원고를 써 왔지만 후반 작업을 맡아 줄 적절한 사람을 만나지 못해 원고가 이리저리 떠돌고 있었다. 오래 기다리던 한 편집장님과의 만남이 성사되었지만 결국 인연을 맺지 못했고 나는 크게 좌절했다. 내겐 원고를 쓰고 책을 출판하는 일이 눈앞에 닥친 재앙에서의 탈출구이자 우리 가족을 일으켜 세울 수 있다는 유일한 희망이었다. 그런데 오랫동안 준비해 온 일들이 불투명해지기 시작하니 마음속에 불안이 스멀스멀 올라와 내 시야를 가렸던 것이다. 마치 내 인생은 차디찬 겨울 같고, 그 오빠의 인생은 늘 벚꽃 휘날리는 핑크빛 봄과 같다고 말이다.

그런데 얼마 전, 우연히 오빠의 일상을 가까이에서 지켜볼 기회가 있었다. 부잣집 도련님의 일상은 그저 여유롭고 걱정 따위 없는 평온한 삶일 줄로만 알았는데 꼭 그렇지도 않았다. 오빠는 매일의 스케줄이 빼곡히 차 있었다. 새벽까지 동생 과외를 해 주고, 본인의 사업장에 하루에 두세 번씩 다녀오고, 밥을 먹으면서 영어 논문을 읽었다.

게다가 오빠도 오빠만의 고민을 안고 살고 있었고, 놀랍게도 오빠는 내가 부럽다고 했다. 하고 싶은 일도 명확하고 그것들을 실행에 옮기고 있다고 말이다. 처음에는 그저 이상적인 일들을 한번 해 보겠다고 덤비는 내가 부럽다는 오빠의 말이 빈말처럼 느껴졌다. 그런데 오빠는 진심을 담아 이야기하고 있었다.

"대학원도 준비해야 하는데, 붙을 순 있을까. 거기 안 되면 해외로 나가야 하나. 아님 취직을 해야 하나. 나도 내 밥값은 하며 살아야 할 텐데……."

오빠는 진지한 이야기를 한 것이 민망한지 껄껄 웃었다. 그런데 왜인지 모르게 그런 오빠의 모습에서 쓸쓸함이 느껴졌다. 어쩌면 오빠는 아무에게도 진지한 고민을 털어놓지 못했을 수도 있겠다는 생각이 들었다. 왜냐하면 지인들 사이에서 W오빠의 앞날을 걱정하는 것이야말로 제일 쓸모없는 일이라는 농담이 심심치 않게 돌았기 때문이다.

오빠의 일상을 잘 모르는 사람들은 종종 이 사람은 다른 이들과 출발선이 다르다고, 참 인생 편히 산다고 쉽게 이야기한다. 사실 나도 그렇게 생각했다. 그런데 가까이서 지켜본 오빠의 인생은 평범한 20대와 별다를 것이 없었다. 남부러울 것 없이 모든 것을 가진 줄 알았던 오빠도 무언가에 쫓기는 사람처럼 불안해하고, 불확실한 미래를 걱정하며 치열하게 노력하는 같은 20대였다.

우리는 멀리서 보이는 다른 이들의 일상을 보며 그들의 삶을 재단하고 평가하지만, 그들의 삶을 자세히 들여다보면 슬픔과 고민만이 존재하는 잿빛 인생도 없고, 벚꽃 잎 휘날리는 핑크빛 인생만 살아가는 사람도 없다. 오히려 종류도, 모양도 다르지만 우리는 모두 자신의 역경 앞에 힘없이 무릎 꿇지 않기 위해 치열하게 버텨 내고 있었다. 차가운 현실의 벽 앞에 무너지기도 하고, 또 함께 그 길을 걸어 주는 이들의 위로를 벗 삼으며 말이다.

때때로 우리는 이 매서운 겨울을 극복하지 못하는 무능한 나 자신을 탓해도 보고, 그 고난을 극복하기 위한 방법들을 모색한다. 하지만 우리에게 주어진 과제는 그 고난과 트라우마를 잊으려고만 노력하는 것이 아니라 마음속의 상처들을 우리 삶의 일부로 인정하고 그 결핍조차도 사랑하며 살아내는 것 아닐까.

나의 신앙

우리 가족이 힘들어졌을 때, 엄마와 나는 할 수 있는 일이 없었다. 나는 입시를 준비하는 고등학생이어서 집안에 경제적 도움을 전혀 줄 수 없었고, 엄마는 친구의 이사를 도와주러 가다가 교통사고를 당해 목 디스크로 고생 중이었다. 게다가 엄마는 원래 눈이 좋지 않은데다 꼬리뼈까지 다쳐 장시간 서 있거나 물건을 나를 수도 없어 간단한 아르바이트조차 할 수 없었다.

우리 가족이 살아갈 수 있는 길이 있을까, 하나님의 길은 대체 무엇일까. 끝없는 고민과 절망 속에 내가 할 수 있는 말은 이것밖에 없었다.

"내가 이런 처지에 있기 때문에 하나님이 날 구해 주셔야
해요."

우리가 할 수 있는 일이 없어서 간절한 마음으로 하나님
의 응답만 바란 그때, 엄마와 나는 성경 속 고난을 겪은 사
람들의 이야기를 떠올렸다. 고액의 헌금을 했고, 많은 선교
사를 후원했고, 비싼 음식이나 물건도 사지 않았던 엄마와
나이기에 하나님 앞에서 당당할 수 있었다. 적금을 깨서 어
려운 친구들의 생활비를 도와주기도 했고, 아빠 회사가 어려
울 때는 비록 적은 액수라도 직원들을 우선으로 돌보고, 내
이익만 좇으며 살지 않지 않았습니까. 그런 기도가 자연스럽
게 흘러나왔다. 주변 사람들도 우리에게 너희 가족처럼 많은
헌신과 기도를 한 사람들을 그분이 버리시겠냐고 했다. 그러
니 나는 우리 가족만큼은 절대 망하지 않을 줄로만 알았고,
더 당당하게 기도했다. 우리를 망하게 하시면 하나님이 잘못
하시는 거라고.
　그러나 상황이 좋아지기는커녕 점점 어려워지면서 우리

는 그동안 우리가 믿고 도와주던 이들의 배신도 경험했다. 최대한 바르게 살았고 어려운 이들을 배려하고자 했던 우리의 노력을 결국 이런 협박과 배신으로 돌려받나 싶어 마음이 아팠다. 성경 속 이야기처럼 재산도 다시 회복하고 어려운 상황들도 나아질 거라고 생각했는데, 하나님은 끝끝내 우리 가족이 쌓아 왔던 선행을 돌려주지 않으셨다. 오히려 우리의 간절한 기도를 차갑고 냉정하게 외면하셨다.

우리에게 왜 그러시냐고, 내가 무슨 잘못을 했냐고 원망하고 울부짖는 시간들을 거듭한 끝에, 비로소 나는 깨달았다. 하나님의 방법은 사람의 방법과 같지 않았다. 그분의 방법은 옛날 일들을 하나씩 꺼내 나에게 다시 돌려주시는 것이 아니었다. 나는 내 것이 아니었던 것들을 나에게 주신 하나님께 오히려 감사한 마음으로 돌려드려야 했던 것이었다. 나는 하나님이 나에게 무엇을 원하시는지, 내가 무엇을 깨닫고 배워야 하는지는 알고 싶지 않았다. 대신 내가 행한 과거의 얄팍한 선행을 명분으로 끊임없이 내가 얻고 싶은 것만을 구했을 뿐이다. 그것은 신앙이 아닌, 믿음이라는 이름을

건 거래였다.

내가 시련을 겪어 나가는 과정을 보면서 신앙이 없는 이들은 신앙을 가진 내가 다른 사람들과는 조금 다른 것 같다는 이야기를 했다. 실제로 내 모습을 보고 신앙을 갖게 된 사람도 있었다. 그중 한 사람은 나에게 이렇게 말하기도 했다.

"그 많던 재산을 다 잃고…… 다른 사람들 같으면 이미 죽어 버렸을지도 몰라. 너희 가족이 나쁜 일 한 적도 없는데 얼마나 억울하겠어. 너는 그런데도 작은 것에 감사할 줄 알고, 다른 사람 상담도 해 주고, 다른 사람이 눈물 흘릴 때 같이 울어 주는 걸 보면 신앙을 가진다는 게 참 좋은 것 같아."

내가 고난 가운데서도 그렇게 할 수 있었던 이유는, 그 과정 속에서 신앙에 대해 내 나름대로의 의미를 정립할 수 있었기 때문이었다. 고난을 겪기 전 우리 가족은 하나님에게 가장 충성스러운 사람이 되고 싶었다. 우리는 열심히 기도를 하고 헌금을 하며 봉사와 전도를 했다. 그래서 하나님 앞에 당당했고, 우리를 다시 그만큼 물질적으로 채워 주실 것이라 믿었다. 나는 그렇게 하는 것이야말로 하나님을 진짜 사랑하는 것이라고 생각했다. 하지만 지난 시간을 돌이켜 보니, 사실은 내가 살고 있는 곳을 아름답게 만들고, 어려움 가운데서도 좌절하지 않고 살아가는 것이야말로 하나님을 향한 진정한 사랑과 신앙의 표현이었다.

바로 지금 여기에서 누군가를 따뜻하게 이해해 주고 품어 주는 것, 인생길 가운데서 지친 나그네의 손을 잡아 주는 것, 다른 사람의 흐르는 눈물을 닦아 주고 손을 잡아 일으켜 주며 따뜻한 한마디를 건네는 것, 떨리는 어깨를 감싸 주는 것, 그것이 바로 복음이자 신앙의 정수였다. 그저 '주여! 믿습니다!' 하며 나의 요구만 하나님께 소리치는 것은 자기의 복음이지 하나님이 기뻐하시는 신앙은 아닐 것이다.

예수님을 만난다는 것은 획일화된 신앙에 나를 맞추는 일이 아니다. 그것은 오히려 내가 겪은 삶의 경험을 통해 나의 색채를 찾고 그 고유의 신앙을 지켜 나가는 일이다. 물론 내가 생각하는 하나님과 신앙이 정답이라고 규정할 순 없고 그렇게 규정되어서도 안 된다. 내가 만난 하나님을 강요하는 것, 혹은 '하나님은 이런 분이십니다', '신앙이란 이런 것입니다'라는 손쉬운 정의는 힘든 상황에 놓인 사람들에게 위로가 되지 못할 뿐더러 기독교적 훈수 그 이상도 이하도 아니기 때문이다. 오히려 내 삶 속에서 느낀 하나님의 사랑과 긍휼을 나누는 것, 그리고 개개인이 가진 고유의 색채를 찾도록 돕는 것, 결국 이것이 복음의 전파이자 나에게 주어진 사명이 아닐까 생각해 본다.

3

———

겨울이 남긴
사람들

'우리'라는 이름으로

우리 가족은 마치 구멍 뚫려 침몰하는 배 위에서 온몸으로 그 구멍을 막아 보려 애쓰는 선원들과 같았다. 제대로 막지 못하면 배의 구멍은 시간이 흐를수록 커져만 가고 곧 감당하지 못할 정도로 물이 차오른다. 우리의 작은 절망들도 감당할 수 없을 정도로 커져만 갔고, 우리는 한 치 앞을 알 수 없는 미래를 바라보며 끔찍한 공포감에 떨어야 했다.

그런데 되돌아보면, 우리가 두려움에 떨고 있을 때도 우리 곁에는 늘 응원부대가 있었다. 많은 분들이 우리에게 조금씩, 혹은 많이 조건 없는 사랑들을 베풀어 주셨다. 다시 돌려받지 못할 걸 알면서도 말이다. 그리고 그 작은 도움들과 층층이 쌓인 따뜻한 사랑은 어둠과도 같았던 우리 가족의 삶에 환한 빛이 되었다. 따뜻한 말 한마디, 차 한 잔 혹은 밥 한 끼로 나누는 위로, 일상을 묻는 전화 한 통, 이런 사소해 보이는 것들이 우리 가족에게 현실을 버텨 낼 생명력을 불어넣어 준 것이다.

누구나 살아가면서 마음이 약해지고 내 힘만으로는 나를 지키지 못할 때가 있다. 감사하게도 우리 가족에게는 그런 순간마다 꺾이지 않고 쓰러지지 않게 해 주는 사람들이 많았다. 그들과 마음 속 고민을 이야기하고, 함께 기도하고, 쓰러질 때는 서로 일으켜 주며 지금 이 순간까지 버틸 수 있었다. 그 크고 작은 도움들은 우리의 든든한 버팀목이었고, 희망을 찾아 여기까지 걸어올 수 있게 한 원동력이었다.

폭풍우와 함께 춤을

내가 고등학교 3학년이 될 무렵 아빠 회사의 상황이 걷잡을 수 없이 악화되어, 엄마는 나를 이모 집으로 피신시켰다. 매일같이 채권자들에게 협박 전화가 걸려 오고, 아빠는 술을 먹고 거실에 누워 있는 그 상황이라도 모면하게 하고 싶었던 엄마의 배려였다. 감사하게도 이모가 나를 기꺼이 받아 주었기에 나는 이모네 집에서 생활할 수 있었다.

엄마는 회사를 살려 보려고 여기저기 뛰어다니다가 저녁이 돼서야 나를 보러 왔다. 하루 종일 시달린 엄마는 그야말로 녹초가 된 상태였고, 그런 엄마를 위해 이모는 분주하게 요리를 했다. 늘 정신없었던 탓에 밥도 제대로 먹기 힘들었

는데, 마음 따뜻한 이모 덕분에 우린 때때로 푸짐한 저녁상
을 먹을 수 있었다.

다 같이 식탁에 모이면 정해진 것처럼 회사의 상황, 아빠
의 상태, 그리고 우리의 마음에 대해 이야기를 했다. 엄마는
어린 나에게 너무 큰 짐을 주는 것 같다며 깊은 한숨을 내
쉬었고, 이모는 가슴을 치며 울었다.

"내가 너희 집 이야기를 들으면 가슴이 찢어지는 것 같
아."

그런데 눈물을 흘리다가도 이모는 갑자기 일어나서 나에
게 손을 내밀고 이렇게 말했다.

"경은아, 이렇게 울고만 있다고 뭐가 달라지겠니? 우리
춤출까?"

방금 전까지만 해도 너희 집 때문에 속상해서 제명에 못

살겠다던 이모는 방으로 들어가더니 음악을 틀었다. 그리고 이내 쿵짝쿵짝 리듬에 맞춰 춤을 추며 거실로 걸어 나왔다. 그런 이모를 보니 헛웃음이 나왔다. 아, 이런 웃음도 얼마만 인가 싶어 슬펐다.

이모의 쿵짝쿵짝 리듬은 전염성이 짙었다. 이모가 뽕짝 선율에 몸을 맡기고 춤을 추기 시작하니 내 어깨가 들썩이 기 시작했고 순식간에 거실에는 축제의 장이 열렸다. 아직 마르지 않은 눈물과 기괴한 댄스는 참으로 묘한 조합이었다. 그리고 그런 우리가 괴짜들 같아 보였는지 엄마도 깔깔깔 웃음을 터트렸다.

"인생 별거 있니? 우리 이렇게 살자. 소소한 일상에 감사
하고, 또 이렇게 웃어넘기면서 말이야."

그 후로도 우리는 종종 슬픈 일이 생기면 위로하기 위해 모였다가, 춤을 췄다. 때론 심수봉의 '백만 송이 장미'를 틀어 놓고 우리만의 탱고를 추기도 하고 '남행열차'를 구수하게 부

르면서 추는 막춤도 장관이었다.

물론 그 춤이 우리를 가혹한 현실로부터 구원해 주지는 않았다. 우리에게 돈을 주지도 않았고, 우리를 자유롭게 해 주지도 않았으며, 아빠를 회복시켜 주지도 않았다. 하지만 이런 시간들은 다가오는 두려움으로부터 우리 자신을 지켜 내기 위한 투쟁에 날렵한 무기가 되어 주었다. 그리고 우리의 춤은 때론 극한의 힘든 상황들도 딛고 일어설 수 있는 의연함을 주기도 했다.

우리는 매 순간 행복을 갈망하며 살아가지만, 삶은 우리에게 늘 단 것만 주지 않는다. 안타깝게도 우리는 다가오는 고통을 피할 수 없으며 늘 원망과 아픔과 슬픔과 싸우며 살아간다. 누가 그 고통을 대신해 줄 수도 없다. 하지만 삶은 내게 가르쳐 주었다. 인생은 폭풍우가 오지 않기만을 비는 것이 아니라 폭풍우가 오더라도 그 속에서 춤추는 방법을 배워 나가는 과정이라는 것을 말이다.

영혼을 빛나게 하는 친구

철학자 키케로는 우정에 대해 이렇게 말했다. 진정한 우정을 나누는 친구는 미래를 향하여 밝은 빛을 투사하여 영혼이 불구가 되거나 넘어지지 않게 해 준다고 말이다. 내게도 영혼을 환하게 비추어 주는 소중한 친구가 있다. 내가 가장 힘들었던 고등학교 시절 만난 친구 J다. J의 애칭은 '등불이'로, 이 애칭에는 특별한 계기가 있다.

누구에게나 고등학교 시절은 힘든 순간으로 기억되겠지만 나에게는 특히 더 악몽과도 같은 시간이었다. 언제 들이닥칠지 모르는 고난들과 그런 와중에도 공부를 멈출 수 없었던 수험생 시절은 나를 더욱 어둡게 만들었고, 그런 나의 모습을 보면서 친했던 친구들도 내 곁을 떠났다. 그런데 내가 처한 상황을 다 밝힐 수 없어서 오해를 받거나, 또는 소외를 당할 때에도 J는 묵묵히 나의 곁에 머물러 주었다.

하루는 가슴이 너무 답답해서 점심도 먹지 않고 창가에 앉아 있는데, 누군가 내 귀에 이어폰을 스윽 꽂아 주었다. 옆을 보니 J였다. 이어폰에서는 노래가 흘러나오고 있었는데, 그 가사가 내 마음에 콕 하고 박히는 것이었다.

언제나 비가 와도 칠흑같이 캄캄한 어둠이 와도
그대 곁에서 나무가 돼서 쉴 곳을 주고
헤매지 않게 등불이 돼서 널 기다릴게.

J는 고개를 숙이고 눈물을 흘리는 내 어깨를 토닥여 주었다. 그리고 이렇게 말했다. 내가 지금보다 더 어두운 터널 속에서 헤맬지라도 자신이 나의 등불이 되어 주겠다고. 이날 나는 처음으로 누군가에게 나의 이야기를 털어놓을 용기를 얻었다. 그리고 등불이는 내가 온갖 불평불만들을 쏟아 낼

때에도, 내게는 너무나 모진 세상을 원망할 때도 묵묵히 들어주었다. 단 한 번의 싫은 내색 없이 말이다.

나의 이야기에 정성껏 귀 기울여 주는 등불이를 보면서 나 또한 친구의 고민들과 아픔에 귀 기울일 수 있었다. 그리고 나는 등불이와의 대화를 통해 나의 모든 것을 털어놓을 수 있는 친구가 있다는 것이 살면서 얻을 수 있는 몇 안 되는 행운이라는 사실을 깨닫게 되었다. 꽤나 퍽퍽한 일상 속에서 서로를 향한 믿음과 진솔한 대화는 그 고통을 버틸 수 있는 위대한 힘을 주었다. 그리고 그렇게 모인 순간들은 가시밭길과 같은 삶의 여정에서도 우리가 의연하게 시련들을 직면하고, 흔들리지 않고 버틸 힘도 주었다고 믿는다.

진정한 친구는 삶의 아름답고 찬란한 순간만 공유하지는 않을 것이다. 그런 순간만 존재하는 인간은 없기 때문이다. 오히려 확실성에 가득 찬 삶이 아닌, 서로의 그늘, 고통, 눈물, 연약함, 불확실성을 포용할 때에 우리는 비로소 서로의 영혼을 빛나게 해 주는 아름다운 우정의 주인공이 될 수 있을 것이다.

더없이 따뜻한 겨울

대학에 입학하기 전에는 '대학에서는 진정한 친구를 만나기 어렵다'라는 말을 종종 듣곤 했다. 그런데 나는 운 좋게도 이화라는 세계에서 수많은 벗들을 만났고, 그중에는 나의 피난처가 되어 준 소중한 벗 S도 있었다.

힘겨운 상황들을 뚫고 겨우 대학에 입학했지만, 그 후에도 내가 맞닥뜨려야 했던 현실의 벽은 너무나 차갑기만 했다. 아빠를 정신과 병동에 입원시켜야 하거나, 엄마가 채권자들에게 협박을 당하거나, 우리 가족에게 상처를 주고도 너무 잘 살아가는 사람들을 볼 때면 나는 다시 좌절의 늪으로 빠졌다. 그리고 늘 문제투성이인 집을 떠올리는 것 자체가

지겨웠다.

이렇게 내가 절망할 때면 S는 이렇게 말했다.

"경은아, 우리 집에 올래?"

벼랑 끝에 다다라 도망칠 곳도 없는 것 같을 때, S는 나에게 손을 뻗어 주었고 나는 주저 없이 S네 집으로 도망쳤다. 내가 도착할 시간에 맞춰 친구는 밖에 나와 나를 기다리고 있었는데, 멀리서 그 실루엣을 보면 마치 구원투수 같았다.

S는 언덕 끝에 있는 하숙집 꼭대기 층에 살았는데, 우리는 혹여나 주인아주머니에게 들킬까 봐 종종걸음으로 5층까지 숨죽이며 발걸음을 옮겼다. 헐레벌떡 뛰어올라가 방문을 열고 들어가면 "오늘도 미션 성공!" 하며 하이파이브를 했다.

감당할 수 없는 절망과 우울이 나를 지배할 때에도 S네 집에 가면 그렇게 이유 없이 웃음이 났다. S와 동방신기의 'Rising sun'을 틀어놓고 시조새 춤을 추기도 했고, 새벽이 다 된 시간에 옷장에서 옷을 꺼내 패션쇼를 하기도 했다. 눈이 오는 날이면 콘서트 장에 온 소녀들처럼 핸드폰 불빛을 켜고 우리가 가장 좋아하는 박효신의 '눈의 꽃'도 목청껏 불렀다. S와 한참을 울고 웃고 떠들다 보면 눈물과 절망으로 꽁꽁 얼었던 마음이 조금씩 녹아내렸다. S와 보냈던 겨울은 더없이 따뜻했다.

지금도 그 순간들을 추억하곤 하는데, 사실 그 방은 컨테이너 박스처럼 증설한 옥탑방이어서 난방도 제대로 되지 않았고, 바람이 숭숭 드나드는 곳이었다. 그럼에도 불구하고 내가 그곳을 따뜻한 장소로 기억하는 것은 아마 늘 나의 슬픔을 기억해 주고, 함께 울어 주고, 어려운 길일지라도 기꺼이 동행해 주었던 S가 내 옆에 있었기 때문일 것이다. 나는 S를 통해 슬픔은 나누면 반이 되고 기쁨은 나누면 배가 된다는 사실을 절감할 수 있었다.

앞으로 걸어갈 삶의 여정 속에서 나는 다시 나를 괴롭히는 불행을 만나게 될 수도 있다. 그리고 현실의 벽 앞에서 또 한 번 실패의 쓴 맛을 경험할 수도 있다. 그래서 때론 모든 것을 대충 그냥 적당히 포기하고 싶은 생각들이 나를 지배

하는 날이 올지도 모른다. 하지만 '우리'는 늘 그래 왔듯 나약함에 지지 않고, 함께 그 벽들을 힘차게 오를 것이다. 왜냐하면 혼자가 아닌 '우리'는 그 어떠한 인생의 역경이나 벽도 오를 수 있는 힘을 줄 것이기 때문이다.

다시 일어설 용기를 준 사람들

우리 가족 주변에는 가진 것이 많을 때나 아무것도 없을 때나 한결같이 함께해 주는 분들이 계셨다. 그분들의 도움은 일일이 열거할 수 없을 정도다. 마치 우리 집에 CCTV라도 달아놓은 것처럼 꼭 필요한 순간에는 이곳저곳에서 도움의 손길이 왔다. 우리 몰래 그분들끼리 서로 상의라도 한 듯, 쌀이 떨어지면 그다음 날 누군가가 쌀을 보내 주고, 냉장고에 음식이 떨어지면 다른 누군가가 음식을 보냈다. 삶에 지친 엄마를 위로하기 위해 매주 밥이나 차를 사 주시는 분도 있었다.

또 엄마의 지인들은 우리 가족을 돕기 위해서라면 궂은

일도 마다하지 않으셨다. 우리가 쫓겨나듯 이사를 가게 된 곳은 장판이 다 찢어지고 천장에서 물이 새서 벽지도 더러워진 집이었다. 우리는 집을 잃고 이사를 하게 된 것 자체를 받아들이기 힘들었기에, 그런 집을 치울 의지도 기력도 없었다. 그런 우리를 위해 엄마의 지인들은 집으로 오셔서 무거운 짐도 옮겨 주시고 청소도 해 주셨다. 이 뿐만 아니라 더러운 곳을 약품으로 직접 다 닦아 주시고, 벽에는 깨끗한 새 벽지를 정성스레 붙여 주시기도 했다.

함께한 지 벌써 14년이나 된 교회의 목장 식구들은 우리가 막막한 현실을 마주하고 있던 순간에도 우리의 손을 놓지 않았다. 함께 울어 주고, 위로해 주고, 용기를 북돋아 주었던 그분들 덕분에 쓰러져 있던 우리는 다시 살아 낼 힘을 얻곤 했었다. 우리 목장의 목자셨던 장로님은 종종 나에게 책을 선물해 주시거나 힘이 될 만한 이야기들을 해 주셨다. 그중 가장 힘들었던 겨울에 들었던 이야기는 아직까지도 기억에 남는다.

"경은아, 어떤 유명한 학자가 이렇게 말했어. 바다 한가운데 침몰하고 있는 배에 우리가 타고 있다고 상상해 봐. 지금 타고 있는 이 배에 물이 막 차고 있는 거야. 그러면 선원들은 두려움, 절망, 초조함, 조급함 등의 감정들 때문에 우왕좌왕하게 될 거야. 물이 무서운 속도로 차오르니까. 그런데 이 침몰을 막는 것이 불가능해 보일지라도, 포기하지 않고 계속 이 물을 퍼내고 또 퍼내야 한단다. 왜인 줄 아니? 물이 계속 차올라서 우리가 가라앉을 것이라는 두려움으로부터 벗어나기 위해서란다. 우린 앞으로 다가올 수많은 고난들을 이렇게 함께 이겨 나갈 거야. 그 고난이 우리를 지배하지 않게 열심히 물을 함께 퍼내면서……."

누군가가 다른 사람에게 주어진 시련의 과제를 '함께' 해결해 주겠다고 말하는 것은 아주 보기 드문 일이다. 삶이 너무 고되고 어려워서 나의 인생을 사는 것 자체로도 힘겹게 느껴질 때가 많기 때문이다. 퍽퍽한 삶은 우리를 타인의 고통에는 무감각해지게 만든다. 누군가의 절규에 귀 기울이는 것 자체가 감정 낭비 혹은 오지랖으로 해석된다.

그런데 나의 사람들은 세상이 아주 쓸모없는, 혹은 값어치 없는 일이라고 규정하는 일들에 기꺼이 동참해 주었다. 때론 지쳐 쓰러진 우리 가족보다 더 열심히, 자신의 온몸으로 막아 주기도 했다. 우리는 함께 싸워 주는 사람들을 보며 두려움을 이길 힘을 얻을 수 있었다.

아마 우리 집이라는 구멍 난 배가 지금까지 침몰하지 않고 온 것은, 도무지 언제 잔잔해질지 모를 시련의 파도에 맞서 우리와 함께 기꺼이 물을 퍼내 준 사람들 덕분일 것이다. 나는 이들의 조건 없는 사랑을 통해 고통 받는 자에게 가장 필요한 것은 '끝까지 함께해 주는 것'임을 깨달을 수 있었다. 설령 불가능해 보일지라도, 배에 차오르는 물을 끝까지 함께 퍼내 주는 것만으로도 선원들은 다시 일어설 용기를 얻는다.

그리고 그들이 나에게 그래 준 것처럼, 앞으로 나는 아주 사소한 이야기에도 귀 기울일 것이고, 무모하지만 기꺼이 다른 이들의 고통에 동참하며 살아가고 싶다. 나는 그것이 사랑이라고 배웠기 때문이다.

나의 멋진 오빠

나에게는 아홉 살 차이가 나는 오빠가 있다. 오빠는 잘생겼고, 똑똑하고, 위트 있고, 패션 감각이 뛰어나 언제 어디서나 주목을 받았다. 또 오빠는 다른 사람의 마음을 쉽게 알아채는 능력이 있어서 생각지도 못한 행동으로 큰 감동을 주는 사람이었다. 그런 오빠는 언제나 나의 자랑이자 든든한 지원군이었고, 오빠 역시 나를 많이 아끼고 사랑해 주었다.

오빠는 나이 많은 아빠의 빈자리를 채워 주었다. 나의 어릴 적 사진을 보면 오빠와 함께한 사진들이 많다. 오빠는 나와 목욕탕에서 물총놀이를 해 주었고, 비행기도 태워 주고, 밖에 나가 세발자전거를 밀어 주기도 했다. 오빠는 몸이 약한 엄마, 일에 파묻혀 사는 아빠 대신 나와 뛰어놀며 소중한 추억을 쌓아 주었고, 그런 오빠는 내게 작은 아빠와 같았다.

오빠는 나의 좋은 놀이터가 되어 주기도 했다. 밤새도록 내린 눈이 거리에 소복이 쌓인 어느 겨울, 나는 집에서 창밖을 바라보고 있었다. 엄마는 감기에 걸려 누워 있었고, 나는 하루 종일 엄마 아빠와 재미있게 눈싸움 놀이를 하는 친구들의 모습을 구경만 해야 했다. 제대로 놀아 보지도 못하고 눈이 녹아 버릴까 봐 아쉬웠지만, 아픈 엄마에게 내색할 수 없는 노릇이었다. 그런데 그날 저녁, 오빠는 집에 들어오자마자 나를 번쩍 안아들고 밖으로 나갔다. 마치 내 마음을 꿰뚫어 본 것처럼 말이다. 그러고는 나와 함께 눈밭에서 뒹굴고, 낮에 만들지 못했던 눈사람도 만들어 주었다. 우리는 눈을 뭉쳐 눈싸움도 하고, 눈꽃을 휘날리며 추억으로 남길 만한 사진도 여러 장 찍었다. 오빠 덕분에 하루 종일 속상했던 마음이 사르르 녹았다.

이 뿐만 아니라 오빠는 나의 보디가드가 되어 주었다. 새로 이사한 집은 단지 내에 가로등이 많지 않아 어두컴컴하고 무서웠다. 그래서 내가 집에 올 때면 오빠와 엄마가 늘 집에 있었다. 그런데 하루는 가족 모두가 외출을 했는데, 갑자기 어떤 남자가 현관문을 쾅쾅 두드리는 것이었다.

"거기 사람 있죠. 문 열어요."

문을 두드리는 소리가 점점 커질수록 내 손도 덜덜 떨려왔다. 엄마와 오빠에게 아무리 전화를 걸어도 받지 않아서, 나는 방 안에서 그 소리가 잦아들 때까지 그저 숨죽이고 기다릴 수밖에 없었다.

나중에서야 나는 그 남자가 세탁소 아저씨라는 사실을 알게 되었다. 분명 사람이 집으로 들어가는 것을 보고 문을 두드리신 것인데, 아무런 답이 없자 문을 더 세게 두드리신 것이었다. 하지만 속사정을 알 리가 없던 나는 그 사실을 알기 전까지 두려움에 떨 수밖에 없었다.

퇴근한 오빠에게 그날 있었던 일을 얘기하자 오빠의 표정이 돌처럼 굳어졌다. 그리고 침대 옆을 막 뒤지기 시작했다.

"엄마 여기 둔 목검 어디 갔어?"

엄마는 쓸모없어 보여서 다른 곳으로 치웠다고 얘기했다.

"그거 우리 집에 갑자기 도둑이 들거나 누가 쳐들어오면 이걸로 싸울 거라서 내 옆에 놓은 건데? 이 목검은 내 눈에 잘 보이는 곳에 놔두어야 해!"

엄마에게 신신당부를 하며 목검을 휘두르는 오빠의 모습이 우스꽝스럽기도 했지만, 그 목검사건을 통해 가족에 대한 오빠의 남다른 책임감과 애정을 확인할 수 있었다.

달라도 좋아

오빠는 나를 정말로 사랑해 줄 때도 많지만, 오빠와의 관계가 언제나 순탄하기만 한 것은 아니었다. 오빠는 개성이 강하고, 자기가 원하는 것이면 꼭 소유해야 하는 성격이다. 세상에서 둘도 없는 따뜻한 오빠이기도 하지만 때로는 너무 냉정하고 차가워서 말을 붙이기가 어려울 때도 있었다.

그런 오빠의 성격은 사춘기 시절 더욱 증폭되어, 집안 분위기를 살얼음판으로 만들어 놓기도 했다. 한번은 집에서 기분 좋게 노래를 흥얼대고 있었는데 오빠가 시끄럽다며 크게 화를 낸 적이 있었다. 그날 이후로 나는 거실에서 까치발을 들고 걸어 다녀야만 했다. 이처럼 나와 기질도 많이 다르고 나이 차이도 많이 나는 오빠를 이해하는 것은 때로 내게 너무 벅찬 숙제처럼 느껴졌다.

그런데 그런 나의 마음을 녹여 주는 사건이 있었다. 오빠와 내가 이복 남매라는 사실을 갑작스레 알게 된 후, 그렇게 친하게 지내던 오빠가 갑자기 남처럼 느껴져 마음이 무거웠다.

그러던 어느 날, 내 마음을 눈치 챈 오빠가 먼저 찾아와 자신의 어린 시절과 세상을 떠난 큰오빠에 대해서 이야기를 해 주었다. 비록 큰오빠의 빈자리를 대신할 수 없지만 그래도 자기 옆에 사랑스러운 동생이 있어 이제는 괜찮다고 말이다. 그리고 우리는 이복 남매이지만 여전히 형제이고 나는 오빠에게 하나밖에 없는 소중한 동생이라고 말해 주었다.

혹여나 어린 내가 상처를 받을까 봐 자신의 아픈 이야기를 담담하게 말하는 오빠의 모습이 안쓰러워서 가슴이 아렸다. 하지만 오빠의 용기로 인해 우리는 이전보다 더 가까워지고, 또 서로에게 조금 더 솔직해질 수 있었다. 먼저 간 큰오빠의 이야기도, 우리가 배다른 남매라는 사실도 우리에겐 더 이상 숨겨야 할 비밀이 아니었기 때문이다.

오히려 우리는 서로가 민감한 부분에서 조금 더 조심할 수 있었고, 또 상대방의 입장에서 서로의 행동과 감정을 이해하려 노력하게 되었다. 그리고 우리는 이 과정을 통해 사랑은 그 사람을 내가 원하는 모습으로 바꾸는 것이 아니라 그 사람 있는 그대로의 모습을 이해하고 수용하는 것이라는 사실도 배울 수 있었다. 이처럼 오빠는 내게 형제 또는 소중한 추억들을 공유하는 사이, 그 이상의 의미였다.

나의 엄마가 되어 줘서 고마워

나는 종종 엄마에게 "나의 엄마가 되어 줘서 고마워", 혹은 "내 곁에 있어 줘서 고마워"라고 이야기한다. 내가 원래부터 이런 이야기를 잘하는 딸은 아니었다. 하지만 10년이라는 시간 동안 우리 가족에게 닥친 일련의 사건들은 나를 완전히 바꾸어 놓았다.

절체절명의 순간에도, 엄마는 단 한 번을 회피하는 법이 없었다. 엄마는 우릴 향해 칼날을 겨누는 사람들로부터 우리 가족을 지켜 주었고, 때론 우리 모두의 짐을 대신 져 주기도 했으며, 내가 쉴 곳을 필요로 하면 기꺼이 기댈 어깨를 내어 주었다. 그런 엄마를 보며 우리 가족 모두는 버텨 내지 못할 것만 같은 순간들을 버텨 낼 수 있었다.

현명한 엄마는 어려움 속에서도 사소한 행복과 감사를 찾고자 했다. 그래서 우리 집이 경제적으로 어려워지고 난 이후부터 엄마와 나는 저녁마다 오늘 있었던 일, 새롭게 일어난 사건, 그리고 문제에 대한 해결방안들을 의논하는 시간을 가졌다. 이 시간을 통해 우리는 누가 어떤 친절을 베풀어 주었는지, 그래서 나의 마음은 어땠었는지, 무엇이 감사한지와 같은 희로애락을 나누었다. 침대에 누워 하루를 마무리하는 시간에 이야기를 나누었기에 우리는 이 시간을 '침대타임'이라고 불렀다.

"경은아, 오늘 엄마가 친구들 모임에 갔는데 나보고 '망했다고 해서 얼굴이 쭈글쭈글해질 줄 알았는데 주사 맞은 것처럼 팽팽하네! 정혜정 얼굴 더 좋아졌구만?' 이러더라. 너무 웃기지 않아?"

"푸하하하. 엄마 진짜 그랬어? 그래도 그 이모 고맙다. 그렇게 이야기해 주고. 엄마는 고난 주사를 맞았나 보지

뭐. 근데 엄마, 우리 미쳤나 봐. 쫄딱 망했는데 뭐가 좋다고 이렇게 웃을까?"

우리 삶 속에 늘 재미있는 일만 있었던 것은 아니었다. 아니, 사실은 슬프고 가슴 저린 일들이 더 많았다. 그런데 신기한 것은, 엄마와 그렇게 이야기를 나누면 절망, 낙심, 질투, 분노와 같은 마음의 불순물이 점차 줄어든다는 것이었다. 정말로, 기쁨은 나누면 두 배가 되고, 슬픔은 나누면 반이 되었다. 어느 누군가가 나에게 친절을 베풀어 준 이야기, 우연히 듣게 된 따뜻한 위로 한마디 등 감사했던 이야기를 엄마와 공유할 땐 먹지 않아도 배가 불렀다. 때론 속이 상해 엄마와 함께 눈물 흘리기도 하고, 이 세상을 원망하는 날들도 있었다. 하지만 이렇게 날마다 쌓인 시간들은 우리가 고통스러운 순간순간을 버텨 내고, 절망을 이길 수 있는 힘을 주었다.

이 시간을 통해 우리는 서로에게 솔직해질 수 있었다. 그래서 나는 엄마에 대해서 모르는 게 없었다. 엄마 또한 어른

의 이야기라고 나에게 숨기지 않았다. 때론 과도하다고 느껴
질 정도로 말이다.

"경은아, 이게 너한테 큰 절망이 될 수도 있다는 걸 알지
만 어차피 네가 나중에 알게 될 것을 지금 숨기고 싶진
않아. 그때 네가 알게 되면 오히려 더 슬퍼할 테니까……
우리 함께 이야기하며 해결책을 의논해 보자."

이렇게 엄마가 솔직하게 이야기를 하다 보니 나는 엄마가
말을 하지 않아도 바로 눈치를 챘고, "엄마 무슨 일 있지?"
하는 내 예리한 물음은 늘 빗나가지 않았다. 물론 엄마도 마
찬가지였다. 엄마와 나는 서로를 파악했고, 누구보다 서로를
잘 알 수밖에 없었다.

우리의 이런 관계는 각자의 감정들을 정리하는 데 큰 도
움이 되었다. 우리는 기분 나쁜 일이 있을 때는 서로의 가장
좋은 위로자가 되어 주었다. '그래도 우리 함께, 이만큼 살아
냈잖아'라고 서로를 다독여 주면서 말이다.

위로를 가리키는 헬라어 단어에는 진통제라는 뜻도 있다고 한다. 그것을 풀어서 생각해 본다면 고통으로 아무것도 못 보던 사람이 사람들이 해 주는 위로 덕에 잠시나마 그 고통을 잊고 주위를 둘러볼 수 있기 때문이 아닐까?

나도 엄마도 그 단어를 참 좋아한다. 생각해 보면 우리가 하는 수많은 작은 위로들을 통해 삶의 현장에서 극심한 고통을 잠시나마 잊을 수 있고, 용기를 내어 새로운 걸음을 내디딜 수 있다. 작은 위로와 따뜻한 말 한마디는 절대로 사소하지 않다. 가족 구성원들이 서로에게 건네는 사소한 위로들의 힘이 모이면 커다란 위기라도 함께 이겨 낼 수 있다고 나는 믿는다.

아빠라서 사랑해

우리는 용서를 할 때, 내가 그 사람을 위해 기꺼이 해 주는 일이라고 생각할 때가 있다. 그러나 심리학에서는 용서는 상대방을 위해서 해 주는 것이 아니라, 나를 위해서 하는 것이라고 이야기한다.

용서는 잊어버리는 것도 아니고, 상대방을 너그럽게 봐주는 것도 아니고, 내가 희생하는 것도 아니다. 단지 나 자신이 더 이상 분노, 억울함, 증오, 자기연민에 매달릴 필요가 없다는 것을 깨닫는 것이다. 그리고 슬픔과 분노의 감정을 인정하며, 그러한 감정을 느낀 자기 자신을 따뜻한 사랑으로 품는 자기 수용의 과정이다.

나도 이론으로는 수없이 들어 왔지만, 실제로 아빠를 용서하지 않는 마음을 내려놓고 흘려보내는 데에는 꽤 오랜 시간이 걸렸다.

어느 날, 한 친구가 나에게 물었다.

"경은아, 너는 아빠를 어떻게 용서했어?"

"어떻게? 그냥… 아빠니까. 그건 왜?"

"그 마음이 참 특별해 보여서. 그냥 아빠라서 용서되는 건 아니거든. 어떤 계기로 그런 마음을 가지게 된 거야?"

친구의 갑작스런 질문에 나는 깊은 생각에 잠겼다. 왜냐하면 나도 아빠를 미워하고, 원망했던 순간들이 있었기 때문이다. 매일 은행에서 빚을 갚으라고 독촉하는 전화가 오고, 우리가 도움을 줬던 사람들은 도리어 우리를 배신했다. 우리가 도움을 주어 회사에 취직했던 사람들은 우리 집에 불을 지르고 같이 죽자며 협박하고, 회사는 휘청거리는데 아빠는 술을 먹고 뻗어 버렸다. 나는 단돈 1,000원을 아끼기 위해 눈길을 40분씩 걸어오는데, 그 교통비보다 비싼 소주를 마시고 누워 있는 아빠를 보고 있으면 그렇게 원망스러울 수가 없었다.

하지만 원망보다 힘들었던 것은 아빠를 향한 이중적인 감정이었다. 아빠의 축 처진 어깨, 돈을 많이 벌 때조차도 늘 허름했던 아빠의 옷가지들, 다 떨어진 시곗줄 등을 보고 있으면 아빠를 무작정 원망만 할 수 없었다. 무엇보다도 나는 아빠가 작은 방에서 흘렸던 눈물을 잊을 수가 없었다. 부도 결정이 나고, 이제는 회사를 회생시킬 수 없다는 사실을 알았을 때, 아빠는 바닥에 앉아 울고 있었다. 나는 걱정이 되어 아빠를 위로하기 위해 그 방에 들어갔다.

"아빠, 괜찮아. 사람이 실수하기도 하는 거야. 돈이 다가 아니잖아…… 울지 마."
"경은아 아빠가 미안해. 아빠가 어리석어서, 너무 욕심내서, 너를 이렇게 힘들게 하고 고생시키는 거 같아서 아빠가 너무 미안해. 아빠는 죽고 싶어. 아빠가 죽어야 이 모

겨울이 남긴 사람들

149

든 게 끝날 것만 같아서…… 아빠 정말 죽고 싶어……."

온 얼굴이 눈물범벅이 된 아빠의 모습을 보고 깨달았다. 아빠는 자신의 부와 명예를 위해서가 아니라, 우리를 위해 그토록 열심히 일했다는 것을. 자신이 어린 시절 겪었던 끔찍한 가난과 말로 다할 수 없을 만큼 힘들었던 삶을 대물림하지 않기 위해 오직 일에만 매달렸던 아빠였다. 늘 큰 산과 같이 든든했던 아빠는 온데간데없고 한없이 작아진 아빠가 서글프게 흐느끼는 모습을 보고 있자니, 혼란스럽고 또 가슴이 무너지는 것 같았다.

그때 나는 결심했다. 슈퍼 히어로처럼 생각했던 아빠를 인간 전상문 씨로 바라봐 주겠다고. 모진 인생임에도 불구하고 가족들을 위해 매 순간 최선을 다하며 끝까지 버텨 낸 한 인간으로 대하겠다고 다짐했다. 물론 이런 결심을 했다고 해서, 나의 뒤엉킨 감정들이 모두 해결된 것은 아니었다. 때때로 경제적인 문제나 그로 인한 관계의 문제에 부딪힐 때면 완전히 해결되지 못한 아빠에 대한 원망의 감정들이 다시 올라왔다. 아빠의 실수로 너무나 힘든 시간을 보내야 하는 우리 가족의 처지가 한탄스러워, 나는 아빠의 마음을 외면하고 싶었던 적이 한두 번이 아니었다. 나의 이러한 복합적인 감정은 고등학교 시절부터 대학교 2학년 때까지 이어졌다.

아빠에 대한 이중적인 감정들로 힘들어하고 있을 때, 나는 우연히 친구와 친구의 아버지에 관한 이야기를 나누게 되었다. 친구는 부모님의 이혼으로 오랜 시간 동안 아버지를 보지 못했다고 했다. 외국에서 지내고 있는 줄로만 알았던 아버지를 오랜 시간이 흘러 만났는데, 멋지고 위풍당당했던 아버지는 온데간데없고 '노인'의 모습을 한 아버지를 마주했다고 했다. 처음에는 친구도 아버지가 너무 원망스럽고 또 안쓰러워서 아버지를 향한 자신의 들끓는 감정들을 주체할 수 없었다고 했다. 그런데, 그런 친구가 나에게 말했다.

"경은아, 그래도 우리 아빠들이잖아. 나도 아빠를 미워하는 감정들 때문에 너무 힘들었는데, 이젠 그런 아빠라도 살아 줘서 너무 고맙다는 생각이 들어. 내가 많이 원망하기도 했지만, 살아 있으니까 내가 더 사랑할 수 있고 또 사랑을 표현할 수 있잖아. 이제 우리 마음속에서 아빠를 용서하고 우리의 아빠들을 맘껏 사랑해 주자."

친구의 따뜻하지만 힘 있는 조언을 통해 나는 있는 그대로의 아빠를 더 마음껏 사랑하게 되었다. 100억 대의 자산을 가진 아빠라서, 멋진 옷을 입은 아빠라서, 나에게 물질적인 도움을 줄 수 있는 아빠라서가 아니라, 그냥 나의 아빠이기 때문에 사랑할 수밖에 없었던 것이다.

신기하게도 아빠를 마음속에서 진정으로 용서하고 나니 내 마음이 한결 편해짐을 경험할 수 있었다. 아빠를 이해하는 과정을 통해 나는 비로소 '용서'의 의미를 깨달았고, 진정한 용서는 그 사람의 있는 그대로를 수용하는 힘을 준다는 것 또한 경험할 수 있었다.

앞으로도 나의 숨이 다하는 그 순간까지, 아빠를 마음껏 후회 없이 사랑하려고 한다. 특별한 이유가 있어서가 아니라, 아빠는 그 존재만으로도 소중한 나의 아빠이기 때문에.

아빠의 두 번째 생일

아빠와 엄마는 회사를 지켜 내기 위해 최선을 다했지만, 그 노력에도 불구하고 우리 집의 상황이 악화되고 결국 파산하면서 아빠의 건강은 더욱 악화되었다. 아빠의 돈 때문에 모였던 주변 사람들은 돈이 없어지자 모두 떠나 버렸고, 아빠는 잘 먹지도 못하고 걷지도 못하게 되었다. 가만히 있어도 손을 덜덜 떠는 아빠를 보며 엄마는 내게 곧 아빠의 장례 준비를 해야 할지도 모르겠다고 이야기했다. 생각하고 싶지 않았지만, 나는 매일 밤 아빠가 갑자기 돌아가시게 될까 봐 많은 밤을 두려움에 떨어야만 했다.

갈수록 아빠의 상태가 심각해지자 우리 가족은 아빠를

알코올 중독 센터에 데려갈 수밖에 없었다. 가지 않으려는 아빠를 강제로 병원에 이송하는 과정도 너무 고통스러웠지만, 자신의 병을 인정하지 않는 아빠의 모습과 아빠를 버렸다는 죄책감 때문에 돌아오는 길 내내 눈물이 났다. '아빠를 살리기 위해서야. 이렇게 해야만 아빠가 살 수 있어'라고 온갖 허울 좋은 이유를 대며 착한 딸인 척 했지만, 결국 나도 나 좋자고, 나 살겠다고 아빠를 버린 못된 딸인 것은 아닐까 하는 생각이 나를 괴롭게 했다.

아빠가 술에서 깨면 우리를 향한 배신감과 분노 때문에 다시 술을 먹게 될까 두렵기도 했다. 하지만 감사하게도, 아빠는 공동체에 잘 적응했다. 특히 아빠가 머물던 알코올 중독 센터는 센터 건축을 하고 있었는데, 건설업계에 종사했던 아빠는 센터 건축에 큰 도움이 될 수 있었다. 아빠는 1년 동안 알코올, 도박, 마약 중독과 같은 상황 속에 있는 사람들과 함께 센터를 건립하고, 직접 땀 흘려 농사 작물을 길렀다. 그리고 1년 뒤 약물 치료 혹은 정신과 치료를 받지 않고 오롯이 그곳에서의 생활을 통해 아빠의 몸과 마음이 회복되기 시작했다.

그러나 이 모든 것보다 더욱 놀라웠던 것은, 지금이 '더' 행복하다는 아빠의 이야기였다. 비록 모든 것을 잃었지만 넘어진 것이 감사하고, 칠흑 같은 어둠 속에서 새 삶의 소망을 볼 수 있음에 더 감사하다는 아빠의 고백은 내 가슴을 뜨겁게 했다. 비록 세상 사람들은 지금의 아빠의 모습을 실패자라고 손가락질할지언정, 아빠 당신은 오히려 돈과 명예만 좇던 이전의 삶이 옳지 않았다고 말했다. 아빠는 이전처럼 계속 풍족하게만 살았다면, 인생에서 정말 소중한 것이 무엇인지, 작은 물질 하나가 얼마나 귀한지, 내 옆을 지켜 주는 가족이 얼마나 소중한지, 스스로 땀 흘리는 기쁨이 무엇인지, 진정한 행복이 무엇인지 몰랐을 것을 비로소 깨닫게 된 것이다.

한때는 모두가 포기했었던 아빠였지만, 이제는 넘어져도 다시 일어나려고 노력하는 아빠의 모습을 보며 그곳에 있는 수많은 사람들이 회복의 소망을 품게 되었다. 엄마는 그런 아빠를 보고 말했다.

"경환 아빠, 2014년 4월 19일 당신은 다시 태어난 거야.

다시 태어난 걸 축하해요."

엄마의 유산

우리 집이 쫓겨나듯 이사를 간 이후로 오빠는 교회에 발걸음을 끊어 버렸다. 그 이유는 간단했다. 하나님이 정말 살아 계시다면 엄마에게 이렇게 하실 수는 없다는 것이었다. 엄마는 단 한 번도 사치 부린 적이 없었고, 늘 가난한 사람들 옆에 섰고, 그들을 힘써 도왔다. 엄마의 동료였던 간사님들과 선교사님들을 돕고, 하나님의 충성된 종으로 살아온 엄마에게 어떻게 하나님이 이토록 잔인할 수 있냐는 것이다.

오빠의 그런 질문에 나는 아무런 대답도 할 수 없었다. 교회를 열심히 다니고 있었던 나 또한 하나님을 원망했기 때문이다. 오히려 신앙을 가진 사람이어서 더 힘들었던 것 같다. 종교를 가지면 잘 되어야지, 힘든 일이 생겨도 기적처럼 그 일들이 해결되어야지, 아빠도 알코올중독에서 치료되고, 회사도 극적으로 살아나야 정상이지, 이렇게 생각했다. 다른 사람들의 기도는 잘 들어주시고 많은 기적을 행하신 하나님은 왜 우리가 드린 그 수많은 기도는 다 짓밟아 버리시는지 도무지 이해할 수 없었다.

그런데 이렇게 묻고 또 원망하고 좌절하는 나와는 달리, 엄마는 오히려 이상한 이야기를 했다.

"경은아, 예전에 엄마는 100억이 있으니까 오빠 50억, 너 30억 정도를 유산으로 물려주면 된다고 생각했거든? 근데도 이상하게 염려가 됐어. 그만큼의 유산을 물려줘도 엄마 아빠가 세상을 떠나면 너희가 잘 살 수 있을까 걱정했거든. 그런데 지금은 물려줄 재산도 없는데 근심이 하나도 안 되는 거 있지? 그리고 너에게 물려줄 돈은 없지만, 엄마가 10년 동안 기워 입은 난닝구랑 오래된 성경책을 유산으로 줄게. 엄마가 가장 어려운 순간에 얼마나 절약하며 살았는지, 그리고 그럼에도 불구하고 하나님 앞에 무릎 꿇고 기도했다는 것을 너희가 기억하며 살아갔으면 좋겠어."

나는 엄마의 이야기를 듣고는 쓴웃음을 지었다. 역시 엄마답네, 라는 생각이 들면서도 버거운 현실 때문에 인정하고 싶지 않았던 것 같다.

아마도 엄마는 인생에서 가장 필요한 것을 나에게 물려주고 싶었을 것이다. 부모가 이 세상을 떠나도 자식이 홀로 이 거친 세상을 살아갈 수 있도록 해 주는 것, 부나 명예, 지위처럼 어느 순간 사라져 버리는 것들이 아니라 무한하고 가장 소중한 것을 따라가는 삶 말이다.

앞으로 나에게 어떤 일이 닥칠지 나는 모른다. 내가 감당하기 힘들 정도의 고난이 어느 순간 불쑥 다가올 수도 있다. 고난과 시련에는 '고난 총량의 법칙' 같은 것이 없기 때문이다. 젊은 시절에 온갖 고생을 한 사람이 반드시 노년이 되었을 때에 편한 삶을 살 것이라는 보장은 어디에도 없다는 뜻이다. 상상하고 싶지 않지만, 만약 내가 고난을 다시 맞이해야 하는 그런 순간이 오면 나는 또 넘어지고, 하나님께 울부짖고, 좌절할 수도 있다. 인간은 아주 나약한 존재이기 때문이다.

하지만 이것 하나만큼은 분명하다. 나는 고난을 만날 때마다 엄마가 물려준 유산의 의미를 기억하며 그 순간을 버텨 낼 것이다. 그렇게 나는 고난이라는 버거운 현실을 넘어 더 소중한 것들을 발견하는 기쁨을 누릴 수 있을 것이라고 확신한다.

'우리'를 지킬 수 있어서 감사해

이쯤에서 고백하자면, 사실 나도 아빠만큼이나, 아니 어쩌면 아빠보다 더 옛날 것들에 대한 미련이 많았다. 그 재산만 지킬 수 있었다면, 그 어음만 막았으면, 아빠가 술에 취해 그 도장을 찍지 않았다면 어땠을까 하는 후회와 미련 말이다. 내 잘못이 아니라고 생각했기 때문에 아빠에 대한 원망도 컸는지 모르겠다.

그런데 돌아보면 그때 우리에게는 사실 모든 것이 아니라 돈만 있었다. 좋은 옷, 좋은 차, 좋은 집. 아마 겉으로는 행복해 보였을지 모른다. 하지만 늘 술에 취해 있거나, 깨어 있을 때는 사업 때문에 매일 고민에 잠겨 있는 아빠, 그런 아빠를 뒷바라지하느라 지친 엄마, 그리고 돈과 명예만 좇는 오빠와 소심한 나는 아마 진짜 '행복'이 무엇인지 알아 갈 기회조차 없었을 것이다. 그런데도 나는 자꾸만 경제적으로 풍족했던 그때는 행복했는데 가진 게 없는 지금은 불행하다고, 나 자신에게 일종의 최면을 걸고 있었던 것이다.

내가 10년 동안 길고 어두운 터널을 지나오며 알게 된 사실은, 행복해지는 방법은 생각보다 간단하다는 것이다. 행복은 그저 내가 가진 것을, 내 주위에 있는 사랑하는 사람들을, 그리고 그들과 함께하는 그 순간을 소중히 여기면 되었다.

그러고 보면 내가 진정 행복하다고 느꼈을 때는 무언가를 '소유'할 때가 아니었다. 새벽이 넘어가도록 도서관에서 공부하다가 아침에 학교 앞 벤치에서 엄마가 싸 준 도시락 까먹기, 다이어트는 내일로 미뤄 두고 오빠와 한밤중에 야식 먹기, 아빠랑 누워서 팩하다가 엽기 사진 찍기, 시원한 강바람을 맞으며 자전거 타기, 최선을 다한 뒤에 주어지는 꿀맛 같은 성취감 누리기, 엄마와 지는 노을을 바라보며 서로의 이야기 들어 주기와 같이 사소한 일상이 행복이었다. 그리고 그 시간을 떠올리면 내 입가에 미소가 저절로 지어지는 것을 확인할 수 있었다. 나는 비로소 사랑하는 사람들과 함께한 사소한 순간들이 나에게 확실한 행복을 가져다주었다는 사실을 깨닫게 되었다.

오늘도 내가 집에 들어가면 아빠는 "세상에서 가장 사랑하는 우리 딸 왔니? 날씨가 많이 춥지?"라며 따뜻하게 나를 맞이해 줄 것이다. 퇴근한 오빠와는 뜨끈뜨끈한 피자를 나누어 먹을 것이며, 엄마와는 사소한 행복만으로도 기쁨의 트위스트 춤을 추고 재잘재잘 이야기를 나누다가 잠들 것이다. 비록 가진 건 아무것도 없을지라도, 나는 '지금의 우리'가 참 좋다고 자부할 수 있다. 그리고 그런 '우리'를 지킬 수 있어서 감사하다.

4

겨울을
떠나보내며

눈물의 미국 여행

9년 전 한국으로 돌아오는 비행기를 탈 때까지만 해도, 미국에 다시 돌아가기가 이렇게 오래 걸릴 줄은 꿈에도 생각하지 못했다.

'이제는 비행기 좀 그만 탔으면 좋겠다고 생각한 것이 현실이 될 줄 알았다면 투덜대지 말 걸……'

나는 그동안 불평해 왔던 것을 뼈저리게 후회했다. 미국에 돌아가고 싶지 않다고 생각하던 내가 미국에 다시 가기만을 가장 간절히 바라게 되다니, 정말 아이러니가 아닐 수 없었다.

나는 아주 어렸을 때부터 미국에 가고 싶었다. 미국이 어떤 곳인지, 그곳에서의 생활은 어떤지 알지 못했지만 어디선가 듣게 된 '아메리칸 드림'이라는 단어는 내 가슴을 뜨겁게 했다. 아메리칸 드림에 대한 이야기를 듣고 난 이후부터 나는 부모님께 미국에 가게 해 달라고 졸랐고, 결국 꿈에 그리던 조기 유학의 길에 오르게 되었다.

꿈에 부풀어 가게 된 미국 생활은 생각보다 순탄치 않았다. 두 명의 남자아이들과 홈스테이를 하게 되었는데, 그 아이들은 매일 짓궂은 장난을 쳤다. 학교는 한 시간가량 떨어진 곳에 있어서 새벽 6시면 일어나 학교에 가야 했다. 게다가 학교에서는 인종차별까지 당했다. '나도 꼭 이 기회의 땅 미국에서 성공할 거야!'라는 큰 포부를 가지고 미국으로 왔지만, 어린 나이에 부모님과 떨어져서 사는 일은 여간 어려운 일이 아니었다.

하지만 외롭고 고된 상황 속에서도 좋은 사람들이 있었다. 내가 애틀랜타에 있을 때도, 코네티컷에 있을 때도, 주변 사람들은 어린 나이에 엄마와 떨어진 나에게 조건 없는 사랑을 주었다. 외롭게 타지 생활을 하는 나를 사랑해 준 사람들, 그들과 함께 뛰놀던 넓은 잔디밭과 파란 하늘, 함께 추억을 공유하던 공간들을 뒤로하고 한국으로 떠나올 때 나는 눈물을 참을 수가 없었다.

한국에서 친구들과 원만한 관계를 맺지 못했기에, 나는 귀국 후에도 매일 미국의 친구들과 전화하면서 외로움을 달래곤 했다. 한국 생활이 힘들어질수록 더더욱 미국에서의 생활이 너무 그리웠고, 아빠에게 다시 돌아가게 해 달라고 애원했다. 힘들어하는 나를 보며 아빠는 1년 후에는, 2년 후에는, 혹은 고등학교는 미국으로 보내 주겠다며 다독였다. 친구 관계가 원만하지 못했던 중학교 시절에도, 집이 무너져 가던 고등학교 시절에도 내가 견딜 수 있었던 것은, 이 순간들만 견디면 내가 사랑하고, 또 나를 사랑해 준 사람들이 있는 미국으로 갈 수 있다는 단 하나의 희망 때문이었다.

그러나 우리 집의 사정은 갈수록 악화되었고, 나는 곧 아빠의 약속은 이루어질 수 없는 허황된 꿈이라는 것을 알게 되었다. 그래서 중·고등학교 때 오직 나의 꿈은 나의 힘으로 미국에 다시 가는 것이었다. 그토록 대학생이 되고 싶었던 이유도, 대학에 가면 돈을 벌어 미국에 다시 갈 수 있을 것이라고 생각했기 때문이다.

하지만 현실은 꿈처럼 쉽지 않았다. 나를 굴레처럼 구속하는 녹록치 않은 일상이 내 꿈으로부터 나를 점점 멀리 끌어냈기 때문이다. 미국에 가지 못한 가장 큰 이유는 물론 돈이었지만, "시간이 있으면 돈이 없고, 돈이 있으면 시간이 없다"라는 말이 딱 들어맞았다. 운 좋게 경제적 여유가 생겼을 때에는 마음의 여유가 없었다. 가족들이 이렇게 고생하고 있는데, 나 혼자 여유를 즐길 수는 없다는 부담감에서 자유로울 수 없었던 것이다. 이런 일상이 계속될수록 그곳에 대한 나의 그리움은 켜켜이 쌓여 가기만 했다. 미국에 있는 친구들과 나는 서로 그리워하며 '우린 언제쯤 다시 만날 수 있을까'라는 말만 되풀이했다.

그러던 어느 날, 뉴욕에 사는 친한 언니에게서 연락이 왔다.

"경은아, 나 내년에 뉴욕에 없을지도 모르는데, 이번에 미국 오면 안 돼?"

몇 년 동안 꿈에서조차 간절히 바라기만 했던 기회를 눈앞에 둔 순간, 내 첫 대답은 이랬다.

"언니, 나 용기가 안 난다고 말하면 너무 바보 같아? 너무 비싸고, 또 일도 해야 할 텐데 혹시라도 일 끊길까 봐 걱정도 되고……."

나는 우선 거절했지만, 언니의 연락을 받고 난 뒤 심장이 빠른 속도로 뛰기 시작했다.

SNS에는 매일같이 친구들의 해외여행 사진이 올라왔다. 도대체 그 친구들은 해외여행을 어떻게 그렇게 자주 가는 건지 신기했다. 나도 언젠가는 저길 가 보겠지 하며 하루하루 최선을 다해 살아온 날들이 어느덧 9년째인데, 내 처지는 변한 것이 없었다. 열심히 일을 하고 밤이 되어서야 녹초가 된 몸으로 집에 도착하면, 가족들이 모두 잠들어 어둡고 컴컴한 집안이 나를 더욱 공허하고 외롭게 만들었다.

집에 오고 나면 몇 시간을 가만히 누워 친구들의 SNS를 들여다보곤 했다. 그럴 때마다 마음 한구석에 제쳐두고 있던 미국에 대한 꿈이 스멀스멀 올라와 내 마음을 아프게 꾹꾹 눌렀다. 언제부터 나에게 이런 여행 한 번은 물론이거니와 밥 한 끼, 커피 한 잔 사는 것조차도 어렵게 결심해야 하는 일들이 되어 버렸을까?

괴로웠던 방학이 지나고, 지루한 시험공부를 하던 중 드디어 터질 게 터지고 말았다. 공부하다 답답한 마음에 한번 확인이나 해 보려고 들어간 항공권 예매 사이트에서 90만 원 후반 가격대의 미국 왕복 항공권을 발견한 것이다.

'숙박도 해결될 텐데, 그냥 눈 딱 감고 가 버릴까?'

내 온몸과 마음이 '가자!'라고 외치고 있었다. 하지만 항공권 출발 예정 날짜를 보니 3개월 뒤였다. 값을 지불해 놓고 갑자기 못 가게 되면 어떡하지 싶은 생각에 한숨이 나왔다. 3개월 뒤면 방학이었는데, 한창 과외를 할 때이기도 하고 인턴 활동도 해야 했으며, 내가 모아 둔 목돈을 혹시 엄마가 갑자기 필요로 할 수도 있다는 생각에 결정을 내리기가 쉽지 않았다.

고민하다 그냥 질러 보자 싶어 엄마에게 슬쩍 물었다.

"엄마, 나 이번 방학에 미국 가고 싶어. 가면 안 돼?"

"그래. 가."

생각보다 엄마의 대답이 너무 흔쾌했다. 거기서 바로 덥석 가겠다고 하면 엄마가 좀 서운할 것 같기도 하고, 또 내 마음도 준비가 되지 않아 일주일만 고민해 보겠다고 한 후 70만 원을 항공사에 선 입금했다.

약속한 일주일이 지난 뒤, 나는 계약을 하기 위해 나머지 29만 원도 입금했다. 얼마 뒤 항공사에서 예약을 확인하는 전화가 왔다.

"전경은 고객님, 항공번호는 ○○, 출국 날짜는 ○○이세요. 여권 발급하시고 전화 주세요."

"네, 네……. 그럼 이제 예약이 된 건가요? 감사합니다!"

전화를 끊자마자 눈물이 흘러내렸다. 내 오랜 꿈이 이루어지는 순간이었다. 정말 이제는 미국에 갈 수 있는 건가? 내가 9년 동안 꾼 꿈을 내가 이루어 낸 건가? 나 이제 진짜 간다! 마음이 쉽게 진정되지 않았다. 서러움, 감사함, 즐거움, 고통에 울부짖었던 지난 시간들……. 그 모든 것들이 주마등처럼 스쳐 지나갔다.

미국행 티켓을 끊고 나니 세상이 아름다워 보였다. 크게 달라진 것 없는 일상이었지만, 숨 쉬는 것조차 감사하게 느껴졌고 일하러 가는 풍경조차도 그림처럼 예쁘게 보였다. 고작 항공권 하나가 나를 이토록 행복하게 하다니. 3년 동안 이것 때문에 매일을 고민하던 내 모습이 조금은 우스웠다. 나는 그렇게 부푼 기대를 안고, 친구들과 여행 일정을 짜고 출국 준비를 하며 미국 갈 날만 손꼽아 기다리기 시작했다.

뜻밖의 장애물

하루하루를 꿈에 부풀어 살고 있던 중 생각지도 못한 곳에서 일이 터졌다. 그렇게 흔쾌히 허락했던 엄마가 갑자기 여행을 반대한 것이다. 내가 등록금을 낼 수 있도록 도와주신 분들도 계신데, 차라리 여행 갈 돈을 저축해서 등록금에 쓰면 어떻겠느냐는 것이었다. 우리 가족을 도와주셨던 분들과 직접 관계를 맺고 있는 엄마로서는 그분들이 내가 여행 가는 것을 보고 혹시 오해하거나 실망하시지는 않을까 걱정되었던 것이다.

물론 엄마의 우려도 이해가 되지 않는 것은 아니었다. 하지만 내가 9년 동안 이만큼 하고 싶었던 일이 없었는데, 그

것도 내가 돈을 벌어서 갔다 오겠다는데, 그 와중에도 다른 사람들의 눈치만 보는 엄마가 미웠다. 그리고 나의 간절한 마음을 가장 잘 알고, 내 입장을 가장 잘 이해해 줄 것이라고 생각했던 엄마의 반대는 나에게 큰 상처로 다가왔다. 더욱이 그런 나의 서러움을 폭발하게 한 것은 엄마의 난데없는 물음이었다.

"이 모든 일들이 너한테 그렇게 상처니?"

나는 그 물음에 너무나 서럽고 화가 난 나머지 소리를 빽 지르고 말았다.

"엄마 정말 몰라서 물어?"

엄마는 예전부터 나에게 우리 가정의 어려움이 선물이라고, 되돌아보니 그 모든 것이 감사하다고 이야기하곤 했었다. 어려운 때를 극복해 나가면서 내가 좀 더 단단해진다면 그

것이 선물이라고 말이다. 나는 그런 엄마를 머리로는 이해할 것도 같았지만, 사실 진심으로 이해할 수는 없었다. 아니, 내가 단단해지면 100억이 필요 없어지나? 난 차라리 100억이 좋은데. 이렇게 고통스럽고 서러운데 이게 어떻게 선물이야?

100억이라는 돈은 너무 커서 실감이 잘 나지 않았지만, 돈이 없다는 것은 내가 가장 좋아하는 떡볶이를 먹고 싶어도 참아야 하는 것, 친구들과 카페에 가서도 나는 배가 불러서 음료는 마시지 못하겠다며 너스레를 떨어야 하는 것, 미용실에 가는 대신 집에서 가위로 셀프 미용을 해야 하는 것, 어려운 사람에게 선뜻 손 내밀지 못하는 것, 이외에도 수많은 불편함과 굴욕이 따르는 것이었다. 엄마가 나에게 이게 그렇게 상처냐고 물었을 때, 그 아픈 순간순간들이 떠올랐다.

내 마음을 이해한다더니, 엄마도 결국 남들에게 보이는 자신의 이미지만 걱정한다는 생각에 배신감이 들었다. 나는 내가 잘못한 것이 아닌데도 가족이란 이름으로 무거운 짐을 함께 지고 지금껏 걸어왔었다. 한 번도 가족에게 이기적인 적이 없었고, 엄마 뜻을 거스른 적도 물론 없었다. 그런 나에게 다른 사람도 아니고 엄마가 어떻게 이럴 수가 있나 하는 배신감 때문에 다리에 힘이 다 풀릴 지경이었다.

"엄마, 나 다른 사람한테는 모르겠지만 가족한테는 단 한 번도 이기적이었던 적 없어. 엄마도 그거 알잖아. 미안 하지만 이번엔 포기 못하겠어. 엄마가 이번만큼은 나한 테 져 줘."

엄마는 나의 끈질긴 주장에 결국 알겠다고 하셨지만, 갈 거면 모두에게 비밀로 하고 가라고 했다. 나는 내가 잘못해 서 가는 것도, 남의 돈을 빼돌려서 가는 것도 아닌데 당당하 게 가지 못하는 이유를 납득할 수 없었다. 후원받으면 뭐 아 무것도 못 하고 집에만 처박혀 있어야 하냐며 화도 내고, 반 항을 않던 내가 엄마에게 모진 말도 했다. 긴 싸움 끝에 결 국 나는 주변 사람들과 우리 가족을 도와주신 분들에게 내 가 미국을 가게 된 경위와 사정을 모두 설명 드리고 여행을 가기로 엄마와 합의했다.

너무 서운한 나머지 엄마에게 버럭버럭 대들었지만, 사실 나는 왜 그때 엄마가 우리 가정의 어려움이 선물이라고 했는지 조금은 알고 있었다. 지금은 죽도록 힘이 들어도, 훗날 인생을 되돌아보면 어려움을 이겨 낸 경험들이 나의 큰 자원이 되었음을 알게 될 테니까. 나는 결국 어떤 어려움도 이겨 낼 수 있는 사람이 될 거고, 그저 100억을 거저 물려받는 것보다 이 경험이 나의 가장 큰 자산이 될 테니까.

하지만 아직 스물두 살인 나에게는 가난과 역경이 주는 무게가 너무 무거워서 그것을 부정하고 싶었을 뿐이다. 이렇게 눈물과 갈등, 그리고 이해의 과정을 거치면서 내가 9년 동안 간직해 온 나의 꿈, 미국이 나를 향해 조금씩 다가오고 있었다.

꿈꾸던 곳으로

미국에 다녀온 지 한참이 지났는데, 아직도 그때 생각만 하면 가슴이 먹먹해진다. 꿈에만 그리던 미국에 다시 가기만을 앞둔 그때 당시의 마음은 오죽했을까. 미국 여행을 계획하다 보니 정말 내가 해냈구나, 잘 살았다, 이런 생각이 들며 눈물이 시도 때도 없이 흘렀다. 무려 9년 만에 꿈을 이룬다는 생각을 하니, 감격에 겨워 눈물을 참을 수가 없었다.

그런데 이렇게 우는 나를 바라보던 엄마는 왜인지 아무런 반응도 없었다. 나는 조금 서운한 마음이 들어 엄마는 정말 감정이 메마르고 팍팍하다고 투덜댔다.

"엄마는 딸이 이렇게 열심히 돈 모아서 미국을 가는데 감동하지도 않아? 진짜 매정하다."

아마 지금까지 나의 고생과 이 감격을 엄마가 그대로 알아주기를 바라는 투정이었는지도 모르겠다.

"내가 가는 것도 아니고 네가 즐겁게 놀러가는 건데 엄마가 왜 울어?"

나의 볼멘소리에도 엄마는 퉁명스러울 뿐이었다.

시간이 흐르고 흘러 드디어 그날이 왔다. 엄마와 인사하고 공항으로 가는 버스에 오르자, 이 순간만을 위해 살아온 지난 10년의 기억이 스쳐 지나가면서 가슴이 벅차올랐다. 하지만 이 좋은 날 울면 안 된다는 생각에 눈물을 꾹 참았다.

버스를 타고 가는 동안 고마운 사람들 생각이 많이 났다. 나의 선택을 응원해 주시고 묵묵히 지켜봐 주신 친한 선생님께 감사하다는 전화를 드렸을 때, 잘 참고 있던 눈물이 마침내 터져 버리고 말았다.

"경은아, 울어?"

나는 수화기 너머로 대답도 못 하고 울었다. 그 눈물의 의미는 뿌듯함, 보람, 그 이상의 것이었다.

"경은아, 이 좋은 날 왜 울어. 좋은 거 많이 보고, 행복하게 지내다 와. 이 여행은 최선을 다해 인생을 산 너에게 주어지는 선물이야. 고생했다."

나의 슬픔과 고통을 가까이서 지켜보았던 사람들의 전화와 문자가 쏟아지자, 소매로 눈물을 닦아 내고 또 닦아도 눈물이 멈추지 않았다. 가까스로 울음을 멈추고 전화를 끊고 보니 이번에는 엄마에게서 문자가 와 있었다.

'경은아, 사실 엄마도 그렇게 눈물이 나. 어떻게 눈물이 안 나겠어. 너의 꿈 같은 그날을 엄마가 응원할게.'

울음을 가까스로 멈췄는데, 엄마의 문자를 보자 고장 난 수도꼭지처럼 눈물이 다시 주룩주룩 흘렀다. 모두가 들뜨고 설레는 마음으로 여행을 떠나는 버스, 다들 웃고 떠드는 그 시끄러운 버스 안에서 나는 그렇게 혼자 울었다. 그날 그 버스에서의 풍경은 평생토록 절대 잊을 수 없을 것이다. 여행을 기다리며 깔깔 웃는 사람들과 다르게 숨죽여 울고 있던 나의 모습은 다른 여행자들과 동떨어진 사람처럼 보였기 때문이다.

그 후에 비행기에서의 시간은 어떻게 지나갔는지 모르겠다. 너무 설레서 눈 깜짝할 새 시간이 지나갔다. 조금이라도 돈을 아끼기 위해서 경유하는 항공편을 선택했기에 뉴욕까지 가는 데 꽤 오랜 시간이 걸렸다. 그런데도 그 시간이 아주 찰나처럼 느껴졌다. 10여 년 전, 부모님 돈으로 직항을 타고 갔을 땐 12시간도 너무 길다고 징징대던 나였다. 그렇게 억지로 타던 비행기에 다시 몸을 싣는 데까지 9년이나 걸릴 줄이야. 인생은 정말 아이러니하다는 생각이 들었다.

처음 해외여행을 가는 사람처럼 창문 밖 사진만 몇십 장을 찍기도 하고, 옆자리 사람들이 영어로 대화하는 것도 은근슬쩍 듣다 보니, 벌써 목적지에 도착하겠다는 안내 방송이 흘러나왔다.

My Dreams Came True

꿈에 그리던 미국에 도착했을 때, 그때의 기분은 정말 말로 표현할 수 없다. 낑낑대며 무거운 수화물을 내리는 것조차 즐거워서 마음으로는 춤을 추었다. 공항에서 밖으로 나가 첫 발을 내딛고 숨을 들이쉬며 도시의 냄새를 맡는데, 아, 너무 슬프면서도 좋았다. 이렇게 마음만 먹으면 언제든 올 수 있는 곳인데, 내가 여기까지 오기까지 9년이나 걸렸다고 생각하니 만감이 교차했다. 하지만 내 힘으로 당당히 꿈을 이루어 냈으니 더 이상 아무것도 두렵지 않다는 생각이 들었다.

보스턴에는 얼마 전 그곳으로 유학을 간 H언니가 살고 있었다. 언니와 눈물의 상봉을 하고서는 너무 반가워 버스 정류장에서 껴안고 방방 뛰었다. 한참을 그렇게 이야기를 하다가 택시를 타고 집에 가니 언니가 냉장고를 수줍게 열며 이렇게 말했다.

"너 생일이라 미역국 끓여 주려고 다진 마늘 사 놨어. 나중에 소고기 사러 가자!"

나는 "푸하하" 웃었다. 미역국에 미역은 없고 다진 마늘만 재료로 사놓은 언니가 웃기면서도 나를 위해 재료를 준비해준 마음이 참 고마웠다.

언니와 맛있는 밥을 먹고 이곳저곳을 구경하다가, 생일 기념으로 케이크가 유명한 가게에 들어가 아주 맛있는 케이크를 사서 호숫가에 앉았다. 언니는 초를 꽂아 주었고, 우리와 가장 친하게 지냈던 S오빠가 영상통화로 생일 축하 노래를 불러 주었다. 나를 가장 잘 아는 두 사람의 축하를 이 아름다운 곳에서 받다니……. 정말 꿈을 꾸는 것 같았다.

"빨리 소원 빌어!"

"알았어. 기다려 봐. 나 빌 거 엄청 많아."

나는 마음속으로 같은 말을 한참 되뇌었다.

'꿈이라면 깨지 않게 해 주시고 현실이라면 이 행복한 순
간이 사라지지 않게 해 주세요.'

소원을 빌고 자리에 앉으니 풍경이 정말 기가 막혔다. 늘
하염없이 꿈만 꿨었는데, 정말 이런 날도 오는구나 싶어 또
눈물이 나오기 시작했다. 특히 이 아름다운 순간을 H언니와
함께할 수 있어서 감사했다.

H언니는 초등학교 3학년 때 교회에서 만난 이후로, 끝날
것 같지 않았던 나의 고통의 시간들을 묵묵히 옆에서 함께
해 주었다. 시간이 흘러 지금은 그런 언니와 숨이 멎을 만큼
아름답고 귀중한 순간을 '함께'한다는 사실에 감격하지 않
을 수 없었다. 우리가 즐겨 듣던 음악, 오랜 시간 나누던 이

야기, 그리고 나의 아픔을 가장 가까이에서 보았던 이와 함께하니 더할 나위가 없었던 것이다.

언니와 이런저런 이야기를 나누다 보니 문득 이 세상에서 나만큼 행복한 사람이 있을까? 하는 생각이 들었다. 그리고 이 아름다운 순간을 함께할 수 있는 동반자가 있다는 사실에 더욱 감사했다. 인디언 말로 친구는 내 슬픔을 등에 지고 가는 사람이라는 뜻이라고 한다. 어려운 시절 나의 슬픔을 함께했던 이와 현재의 이 기쁨의 순간을 '함께' 맞이할 수 있다는 것은 정말로 큰 행운이자 축복이었다.

다음 날에는 유학 생활을 할 때 가장 친하게 지냈던 친구 C를 만났다. C와 그 가족들은 나에게 조건 없는 사랑을 베풀어 주었다. C의 어머니는 가족이 없어 외로울 나를 금요일마다 볼링장에 데려가 주셨고, 매주 집에 초대해 주셨다. C의 할머니는 그리운 한국 음식들을 정성껏 만들어 주셨다. 주말이면 나는 C의 언니 동생과 함께 베이킹도 하고, 물안경을 쓰고 양파를 썰어서 온갖 요리도 했다. 배불리 밥을 먹은 뒤에는 좋아하는 과자를 맛보며 드라마와 영화를 봤고, 지하실에서는 광란의 댄스파티도 열었다. 나는 C의 가족이 베풀어 준 따뜻한 사랑 덕분에 외로운 유학 생활을 잘 버텨 낼수 있었다. 그런 친구를 9년 만에 만나게 된 것이다. C를 기다리고 있자니 너무 떨려서 심장이 쿵쾅쿵쾅 뛰었다.

10분 정도 기다렸을까. 마치 영화처럼 우리는 빨간불이 켜진 횡단보도를 사이에 두고 마주하게 되었다. 꿈에서만 그리던 순간이 현실이 되자 정말 숨이 멎을 것 같았다. 헤어질 때는 그저 여리고 어린 열네 살 중학생이었는데, 몰라보게 키가 자라고 어엿한 숙녀가 된 C가 길 건너로 보였다. 내년에 다시 만나자고 손 흔들며 헤어진 지 벌써 9년, 이렇게 오랜 시간이 지나 마주 서게 되다니. 그동안 다 흘린 줄 알았던 눈물이 또 났다.

드디어 신호가 파란불로 바뀌자 C는 달려와 날 꼬옥 안아 주었다.

"경은아 잘 지냈어? I missed you so much!"

"나도 너무너무 보고 싶었어."

우리는 그렇게 한참을 부둥켜안고 끅끅 소리를 내며 울었다. 9년 동안 우리에게는 많은 변화가 있었고, 서로 말하지 않아도 얼마나 많은 고통을 겪었는지 알았기에 더 눈물이 났다. 한때 C의 집도 꽤 잘살았는데, 갑자기 사정이 안 좋아져서 우리 가족과 비슷한 아픔을 겪었다. 서로의 집안 사정이 어려워지는 것을 알고 있었지만, 우리 사이의 11,011킬로미터는 너무나도 먼 거리였기 때문에 서로에게 그리 큰 힘이 되어 줄 수 없었다. 둘 다 너무 어려운 상황에 놓여 있었기에 그전만큼 연락도 자주 하지 못했고, 그저 어떻게든 살아내려고 아등바등 노력하고 있겠거니 어렴풋이 짐작할 수밖에 없었다. 사실 다시는 서로의 얼굴을 보지 못할 것이라고 생각했었다. 그런데 우리가 어리고 넉넉했을 때 헤어지고 나서, 9년이라는 고통스러운 순간들을 이겨 내고 다시 만났다는 생각이 들자 C의 눈만 봐도 눈물이 나왔다.

눈물에 젖은 크레페를 나누어 먹으며 그간 있었던 자세

한 이야기를 나누었다. 씁쓸하기도 했다. 예전의 우린 부러울 것이 없는 사람들이었는데, 지금의 우리는 말로 형용할 수 없었던 고통의 시간들을 겪었고 너무 많은 것을 잃기도 했다. 그런데 신기하게 그 시간이 지나고 난 뒤 우리는 둘 다 서로에게 이렇게 말하고 있었다. 그래, 우리 참 잘 살았다고. 수많은 폭풍 속에서도 내가 죽지 않고, 또 너도 죽지 않고 잘 살았다고. 내가 만약 죽었다면 이런 감격스러운 순간들을 느끼지 못했을 거라고. 내가 최선을 다해 살았으니까 이런 성취감과 감격스러운 순간이 나에게 선물로 돌아온다고. 다시는 이런 행복한 순간을 누리게 될 거라고 생각하지 못했었는데, 내 인생의 가장 행복한 이 순간을 너와 함께해서 감사하다고.

C와 대화를 나누고 햇살이 가득한 거리로 나와 함께 앉았는데, 태어나 처음으로 느껴 보는 감정이 들었다. 그것은 수없이 몰아치는 폭풍우와 같은 인생 속에서도 포기하지 않고 열심히 헤쳐 나간 자만이 맛볼 수 있는 행복이었다.

그럼에도 불구하고, 함께

H언니 그리고 친구 C와 행복한 시간을 보내고 난 뒤, 이번에는 유학 시절 친하게 지냈던 Y언니를 만나러 뉴욕으로 향했다. 들뜬 마음으로 버스를 타고 언니의 집에 갈 때까지 나는 아무런 걱정이 없었다. 아무 생각 없이 기분 좋게 언니를 만나고 인사를 나눴는데, 언니의 표정이 뭔가 불안해 보였다. 내가 지금 미국 땅에 있다는 사실에 마냥 신나서 회포를 풀어보려 하는데, 언니는 갑자기 눈물을 뚝뚝 흘리기 시작했다.

"경은아, 나 너무 힘들어……."

예상치 못한 첫마디였다. 알고 보니 언니는 오랜 시간 동안 우울증과 공황장애를 앓고 있다고 했다. 언니네 집 냉장고에 먹을 만한 음식이라곤 하나도 없고, 다이어트를 위해 사놓은 포도만 한 상자 있었다. 언니는 이틀 동안 아무것도 먹지 않은 상태였고, 하루 종일 침대에 누워 울고만 있었던 것이다. 생각지도 못한 일이었다. 나는 수많은 일들을 겪고 이곳에 겨우 다시 왔는데, 내 눈앞에 울고 있는 언니가 있었다.

언니는 내가 그토록 다시 오고 싶어 했던 미국에서 17년을 살았다. 언니는 미국 시민권자였고, 남들이 부러워하는 좋은 대학교를 다니고, 허드슨강이 보이는 21층 아파트에 살았다. 나는 그런 언니가 제일 부러웠다. 기회의 땅 미국에서 남부러울 것 없이 사는 언니는 내가 가졌으면 하는 모든 것들을 가진 사람 같았다. 그런데 정작 언니는 우울증 때문에 힘들다고 하다니. 그런 언니를 부럽다고 생각하는 내 상황에 화가 날 것 같았다.

그런데 그때, 예전에 들었던 교수님의 말씀이 떠올랐다.

고통 받는 자의 오만을 기억해야 한다는 말씀이었다. 그건 고난 받는 자가 '세상에서 내가 제일 힘들어, 내가 제일 힘든 걸 겪어 냈으니 세상에서 내가 제일 대단해'와 같은 자기중심적인 생각에 빠지기 쉽다는 경고였다. 그랬다. 아픔은 절대적인 게 아니라 상대적인 거였다. 내가 고통을 겪었다는 이유로 다른 이의 아픔을 별것도 아니라고 감히 판단하면 안 되는 것이었다. 그래서 나는 언니의 이야기를 경청하고 언니에게 공감하려고 노력했다.

"나는 언니가 아픈 것도 알고, 언니가 이 이야기를 꺼내기 전까지 얼마나 고통스러웠는지도 알아. 그래서 나도 너무 속상하고 눈물이 나…. 그런데 언니, 우리가 이 어두운 방에서 손잡고 울기만 하면 더 우울해지고 혼란스러울 거야. 언니, 우리 이곳에서 만날 이 순간을 누구보다 기다려 왔잖아. 기분도 꿀꿀한데 우리 나가서 같이 걷자. 걷다 보면 또 기분이 나아질지도 몰라."

모든 것을 가진 듯했던 언니에게도 언니만의 아픔이 있었고, 아무도 모르는 추운 한겨울의 시간이 있었다. 아이러니한 사실은, 모든 것을 잃고 난 이후에 미국으로 간 내가 '모든 것을 가진 부러운 언니'에게 위로의 손길을 내밀고 있었다는 것이었다. 상상도 하지 못할 일이었는데, 아마 언니에게 손을 내미는 나는 이미 겨울의 끝자락에서 벗어나고 있었기 때문이 아닐까 싶다.

언니와 함께 밖으로 나가자, 따뜻한 햇빛이 우리를 비추고 기분 좋은 바람은 우리를 향해 솔솔 불어왔다. 우리는 한참을 함께 걸었다. 허드슨강이 보이는 산책로도 걸어 보고, 서점에 들어가서 한가로이 책도 훑어보다가, 공원에 앉아 그저 바람을 느끼기도 했다.

특별하진 않았지만 모든 것이 더할 나위 없이 좋았다. 비록 내가 생각하던 방식은 아니었지만, 우리는 그렇게 오랜 시간 그리워했던 이 순간을 맞이하고 있었던 것이다. 조금은 다른 종류의 고난들을 겪어 왔기에 완벽하게 서로를 이해할 순 없었지만, 변하지 않는 사실은 우린 그 순간에서 도망치지 않았다는 것, 10년 전과 같이 함께 이 자리에 굳건히 서 있다는 것이었다. 그리고 길었던 9년간의 겨울이 나에게 '그럼에도 불구하고 함께했던 우리'라는 선물을 안겨 주었기에, 우리는 기쁨의 눈물을 흘릴 수 있었다.

여행을 다녀오기 전까지 나는 현재에 매몰되는 삶을 살았다. 힘들고 지친 일상이 굴레처럼 반복되어 마음의 여유가 없었고, 여행이라는 것은 쓸데없이 돈만 많이 쓰게 하는 것이라고 생각했다. 그런데 막상 다녀와 보니, 여행은 휴양만을 추구하는 것이 아니었다. 여행은 과거의 순간을 되새기게 하고, 현재의 행복에 감사하게 해 주었으며, 동시에 희망찬 미래도 꿈꿀 수 있게 했다. 그리고 나는 여행을 통해 모든 순간을 함께해 준 나의 사람들을 더욱 소중히 여길 수 있었다.

눈물로 시작해서 눈물로 끝난 여행을 마친 지금, 이것만큼은 확실히 이야기할 수 있다. 포기하지 않고 최선을 다해서 살면 언젠가는 마음속 소원이 이루어지는 순간이 반드시 온다는 것을. Dreams do come true!

겨울이 그대에게 주는 선물

살면서 겪는 절망적인 시기들을 묘사할 때 흔히들 '겨울'에 빗대어 표현한다. 아마 겨울이 지나면 봄이 오듯, 반복되는 좌절과 실패에도 언젠가는 끝이 있지 않을까 하는 간절한 소망이 담겨있는 비유이리라. 하지만 인생은 그저 시간을 갖고 기다리면 계절이 바뀌는 자연의 법칙과는 조금 다르다. 게다가 인생의 봄은 모두에게 똑같은 시기에 찾아오는 것도 아니어서 누군가에겐 조금 빨리 찾아온 '반가운 손님'인 반면에 누군가에겐 기다리고 기다려도 찾아오지 않는 '원망스러운 님'이 되기도 한다.

후자에 속했던 나는 그 봄이 나에게만 유독 더디게 오

는 것 같았다. '주변 사람들은 큰 어려움 없이 잘 사는 것 같은데 왜 나의 운명은 이토록 불행할 수밖에 없게 정해졌을까…….' 발버둥 쳐 봤자 달라질 것 없는 현실에 나는 힘없이 무릎 꿇고 싶었다. 그러나 나의 긴 겨울을 떠나보내며 알게 된 것은, 다른 누구도 아닌 바로 내가 그 매서운 추위를 끝내고 봄을 시작할 수 있다는 놀라운 사실이었다. 주어진 조건이나 환경이 나를 결정짓게 하지 않겠다는 결단을 내릴 때, 도무지 거스를 수 없어 보이는 현실도 변화시킬 수 있었던 것이다.

아쉽게도 이런 주체적인 결단을 내렸다고 해서 역경 자체가 사라지는 것은 아니다. 주변의 상황은 여전히 결단을 내리기 이전과 크게 달라지지 않을 수도 있다. 그럼에도 불구하고 드디어 나에게도 봄이 시작되었다고 자신 있게 말할 수 있는 것은, 그 결단을 통해 나의 삶을 진정으로 포용하고 사랑할 수 있게 되었기 때문이다. 봄을 향한 나의 지난한 여정은, 넘어지더라도 다시 일어설 용기가 내 안에 있음을 가르쳐 주었다. 또 난이도 높은 인생의 고비를 이겨 낸 자들만이 느낄 수 있는 가슴 벅찬 기쁨도 맛보게 해 주었다. 때때로 만나게 되는 거센 바람으로부터 나를 지탱해 주는 수많은 사람들을 만나게 해 주었고, 나 또한 다른 이들에게 진심 어린 위로를 건넬 수 있게 해 주었다. 겨울이 나에게 남긴 선물의 진정한 의미를 깨닫게 된 지금 이 순간이 바로 완연한 봄이라고 나는 믿는다.

절망스러운 조건들 속에서도 포기하지 않고 한 걸음을 용기 있게 내디뎌 보겠다고 다짐할 때 비로소 우리는 봄에 도달하기 위한 여정을 시작할 수 있다. 오늘, 우리의 인생을 바꿀 수 있는 그 첫 발걸음을 내디뎌 보는 것이 어떨까. 언젠가 찾아올 봄을 꿈꾸는 우리 모두의 작지만 위대한 발걸음들을 응원하고 싶다. 그리고 나에게 따스한 봄이 찾아온 것처럼, 당신에게도 그 봄이 찾아와 주기를 간절히 기원한다.

눈보라를 헤치기 위해서 열심히 걸어온 경은, 고생이 많았다는 말 꼭 해주고 싶다. 열심히 헤쳐서 봄을 만나러 왔으니, 지금 만난 봄은 천천히 앉아서 맘껏 만끽하고 다음 계절을 만나길. 그리고 그 계절에는 내가 함께 네가 필요하다고 느끼는 곳에 서서 네가 쓰러지면 일으켜주거나 함께 누워서 힘든 중에도 하늘을 볼 수 있게 도와줄게. 너의 절망에도 기쁨에도 언제나 함께하는 친구가 되고 싶다.

-지회

언니로 인해서 위로받고 힘을 받는 사람들이 얼마나 많은지 몰라. 언니의 삶은 책 속에서 묻어나듯 결코 쉽지 않은 삶이었지만 그렇게 진하게 삶에 시달려 보았기에 더 많은 사람들에게 깊이 공감하고 진실된 위로를 할 수 있다는 것을 느껴. 그리고 그 모든 시간들을 잘 버텨 온 언니가 너무 자랑스럽고 존경스러워.

-지은

네 인생의 무게가 얼마나 무거운지를 알기에 너의 고민을 들을 때마다 어떻게 하면 그 무게를 덜어 줄 수 있을까 하고 생각을 해. 친구는 그런 존재라는 걸 널 통해 배웠거든. 나에게 그런 친구가 돼 줘서, 관계의 소중함을 알게 해 줘서, 내가 더 나은 사람으로 성장할 수 있게 해 줘서 고마워. 내가 지칠 때면 언제나 내 옆에서 진정한 위로를 건네 줬던 것처럼 이젠 내가 너의 모든 순간에 함께할게. 그 오랜 세월을 잘 버텨 준 네가 자랑스럽고 지금 내 곁에 있어 줘서 너무 고마워. 넌 이화가 나에게 준 선물이야.

-수아

내 힘듦과 지침에 항상 공감해 주려고 노력하고, 최고의 위로를 건넬 수 있는 사람. 예상하지 못한 방법으로 항상 나를 감동시키는 내 동생 내 친구 경은이.

-사라

등불아, 인연이라는 게 참 소중하고 특별한 것 같아. 언제든지 등불 만나러 가는 길, 만나고 집에 가는 길은 참 행복해. 나의 모든 것을 털어놓을 수 있는 그런 친구가 있다는 건 참 대단하고, 멋진 일인 것 같아. 기쁨은 나누면 배가 되고, 슬픔은 나누면 반이 된다는 말을 진심으로 깨닫게 해 줘서 고마워. 네가 아니었다면 나는 아마 우정에 대한 상당 부분을 모르고 살았을 거야. 나 또한 너에게 그런 존재였으면 좋겠다. 너무 뻔하고 당연한 이야기지만, 오래오래 함께하자. 네 찬란한 미래를 응원하고, 축복해.

-등불

경은, 너는 주변 사람들을 세심하게 살필 줄 알고 그들과 진정으로 함께하는 방법을 아는 사람인 것 같아. 그리고 그런 네가 옆에 있어서 내 삶은 더 반짝반짝 빛났어. 우리, 앞으로 하나님이 허락하신 시간동안 더 많이 아껴주고 더 많이 사랑하자.

-하은

어렸을 때의 너, 몇 년 전 다시 연락 왔을 때의 너, 그리고 지금 너의 모습을 보면 정말 멋있는 사람으로 성장해 가는 것 같아서 자랑스럽고 한편으로는 부럽기까지 해. 성숙함, 단단함 그리고 지혜를 가진 경은이 너는 아마도 내가 아는 사람들 중 가장 크게 쓰임 받고 또 가장 가치 있는 행복한 삶을 살 것 같아.

-다은

저한테 언니가 힘이 되어 준 것처럼 저도 언니가 힘들 때 도움이 되고 싶어요. 언니가 말하고 싶지 않은 문제면 하지 않아도 좋고, 터놓고 이야기할 상대가 필요하면 언제든지 달려갈게요.

-하은

사실 이런 말들 내가 안 해도 경은이가 너무 잘 알 것 같지만, 그래도 이런 이야기 꼭 해 주고 싶었어. 나는 너의 마음 잘 안다고. 더럽고 치사하고 살기 버거운 그런 게 세상이지만 그런 세상 너 혼자 살아가는 거 아니고 옆에 나도 있다고……. 그러니 너 편하자고 무거운 이야기 한다는 생각 말고 아무 때나 아무 이야기나 해도 돼. 그리고 훌훌 털어 버리자.

-한나

가장 철이 없어야 할 때 너무 철이 들어 버린 너의 모습을 보면서 안타깝고 슬프기도 했지만 강하고 예쁘게 커 줘서 고마워. 3,000원짜리 셔츠를 입어도 빛이 나는 경은아, 한국 돌아가서도 매일 높은 하늘 보면서 행복을 느끼길 바랄게. 고생 많았고, 너무 사랑해.

-은우

누나 걱정하지 마. 화려한 스펙 없어도 누나 응원하는 사람 많으니까 자신감을 가져도 돼. 이제는 누나가 꽃길만 걸었으면 좋겠다.

-승운

경은, 순간순간 잘 버려 냈고 잘 살아 냈다. 우리가 처음 만난 8년 전과 비교해 봤을 때 상황이 크게 달라지진 않았지만 네가 세상을 바라보는 시선이 바뀌었고, 하고 싶었던 일들을 실현해 냈잖아. 8년 뒤에는 지금의 경은과 비교할 수 없을 정도로 성장해 있을 거라고 믿어.

-현석

내게 기꺼이 먼저 자신의 취약성을 공유해 준 사람, 그리고 누구보다 깊은 마음으로 나의 취약성을 껴안아 준 사람. '그럼에도 불구하고'의 사랑을 알려준 너를 통해 나는 처음으로 있는 그대로의 나를 사랑하기 시작했어. 너와 함께할 수 있었던 그 모든 시간이 감사해. 경은아 멈추지 말고 용기 있게 나아가기를, 너의 모든 발걸음을 응원할게!

-희진

경은이에게

Special Thanks To

———

전쟁터 같은 삶 속에서 함께 싸워 내고 버텨 낸 전우이자
내 삶의 이유인 가족들,
아름답게 살아가는 방법을 가르쳐 주신 존경하는 선생님들,
나의 존재 가치를 일깨워 준 소중한 벗들,
그리고 내 삶의 인도자 되신 그분께

겨울이 그대에게 주는 선물

초판 1쇄 2019년 6월 28일

지은이 전경은
펴낸이 전경은

기획 전경은·정혜정·김지은·정태형
진행·디자인 김지은
편집 심혜인
디자인 이혜린
일러스트 한달란트
홍보 황지회

펴낸곳 아르노
이메일 skysky7723@hanmail.net
ISBN 979-11-967315-0-2

ⓒ 전경은 2019